Eu acho que você é meio doido, sim

Copyright © Nath Araujo, 2018
Copyright © Editora Planeta do Brasil, 2018
Todos os direitos reservados.

Preparação: Laura Folgueira
Revisão: Fernanda França e Laura Vecchioli
Projeto gráfico e diagramação: Marcela Badolatto
Ilustrações de capa e miolo: Nath Araujo
Capa: Renata Vidal

DADOS INTERNACIONAIS DE CATALOGAÇÃO NA PUBLICAÇÃO (CIP)
ANGÉLICA ILACQUA CRB-8/7057

Araujo, Nath
   Eu acho que você é meio doido, sim / Nath Araujo. -- São Paulo : Planeta, 2018.
   160 p. : il.

ISBN: 978-85-422-1422-2

1. Autoajuda 2. Autoestima 3. Autoconhecimento 4. Inspiração I. Título

18-1482   CDD 158.1

2018
Todos os direitos desta edição reservados à
EDITORA PLANETA DO BRASIL LTDA.
Rua Padre João Manuel, 100 – 21º andar
Ed. Horsa II – Cerqueira César
01411-000 – São Paulo-SP
www.planetadelivros.com.br
atendimento@editoraplaneta.com.br

NATH ARAUJO

EU ACHO QUE VOCÊ É MEIO DOIDO, SIM

DEDICATÓRIA

Para todos vocês que me ajudam a realizar esse sonho doido de viver para desenhar e escrever. Obrigada <3

Nath Araujo

PREFÁCIO

Sabe aqueles segredinhos bizarros que guardamos sobre nós mesmos? Gostar de leite com manga. Ser fã de algo ou alguém de que ninguém mais gosta! Escutar conversas alheias no transporte público e dar risada. Conversar sozinho em voz alta. Formular boas respostas e argumentações para conversas que você possivelmente nem vai ter. Tentar mover objetos com a mente (eu já fiz isso, é bem doido, eu sei, mas vale a tentativa). Começar a ler o cardápio a partir do meio. Tentar enganar a própria sombra. Andar pela rua e, de repente, perceber que esqueceu alguma coisa, fazer um gesto (olhar para o telefone/relógio) para que os outros pedestres vejam que você esqueceu algo e que não está voltando sem nenhum motivo, como um babaca.

Calma! Tudo isso é menos estranho do que parece e mais normal do que você imagina.

Pra sonhar é preciso ser meio doido, SIM!

Não se julgue. Você está no caminho certo! E esse livro vai te mostrar isso.

Aproveite a companhia!

Gisela Bacelar,
autora de *Perigosa amizade*

Sempre que conheço alguém novo, uma pergunta me vem à cabeça: como eu e esta pessoa chegamos aqui? Não chego a perguntar, porque nem todo mundo lida bem com perguntas estranhas logo na primeira conversa, mas penso.

Vamos analisar, por exemplo, eu e você. Em vez de ler este livro, você poderia estar lavando louça (espero não ter te lembrado de algo), derrubando livros e esbarrando no amor da sua vida do jeito mais clichê do mundo ou construindo um dragão ciborgue (acabei de saber pelo Twitter que é isso que o Elon Musk está fazendo agora, pasmem).

E eu? Cá estou, escrevendo, enquanto ouço o gato miar do lado de fora do quarto, depois de onze tentativas de fazê-lo se comportar na presença de um computador. Eu poderia estar no Palácio de Buckingham (nem sei falar isso em voz alta) ou apenas dobrando a pilha de roupas que deixei no pé da cama, mas estou aqui. As duas possibilidades são remotas, mas existem, ok? A gente nunca pode se esquecer de que a vida é muito louca.

O livro é exatamente sobre isso. Sobre ser quem você é, por mais doidos que a ideia e você sejam. Vamos tentar esquecer a palavra "doido" por um momento, apesar de ela estar no título do livro, e focar em "você". Você. V O C Ê.

V
O
C
Ê

Caso ainda não tenha ficado claro, vou desenhar:

Como a gente ainda não se conhece muito bem, não sei se você é do tipo que precisa fazer as coisas por si mesmo pra acreditar nelas; então, te deixei este espaço pra escrever a palavra "você" também, do seu jeito.

E pra fixar de verdade essa ideia, eu até deixei meu desenho em preto e branco pra você pintar também, se quiser. Eu não acho que eu precisaria avisar isso a você, mas o livro é seu e você faz o que quiser com ele. Só vou te dar umas ideias do que fazer entre um capítulo e outro, pra coisa ficar mais legal, pode ser? Prometo que não vai ser nada muito complicado e que vai ser legal o bastante pra funcionar como mais um motivo pra enrolar antes de lavar a louça.

Minha sugestão é que você tenha sempre em mãos lápis, lápis de cor, canetas, marcadores ou qualquer outro item do tipo pra usar neste livro que, no final, vai se tornar um compilado de coisas que confirmam que você é meio doido(a), sim – ainda bem. Prometo que vou explicar a parte de ser assim nos próximos capítulos.

Só não vale ter dó de desenhar, colorir e rabiscar o livro, hein? Lembre-se de todos os adesivos que você guardou na época da escola pra poder usar depois. Não existe depois. Faça isso em homenagem a eles, que não tiveram a oportunidade de cumprir sua função no mundo.

Se mesmo depois desse conselho dramático você ainda estiver com medinho, vou deixar um espaço em branco pra você testar os materiais antes de usar. Espero que ajude.

Dicas de como você pode usar este espacinho:

☮ Usar como um rascunho em geral, tipo pra fazer a lista de compras que não serve pra nada porque você sempre esquece de comprar sal e come tudo sem gosto por um mês.

☮ Saber se a caneta vaza pra folha de trás – não que alguém vá morrer se isso acontecer, mas pode ser um problema se atrapalhar na leitura da próxima página, né?

☮ Testar se a folha é resistente a alguma tinta diluída em água que você queira usar – tecnicamente, não é, mas eu já usei aquarela em cada lugar que vocês nem imaginam. Pra mim, o importante é não furar a folha. Se ficar só enrugadinha, beleza. Eu também vou ficar enrugadinha daqui a pouco, já passei dos vinte e sete anos. É com vinte e sete que a gente começa a envelhecer ou fui mais uma vez enganada por uma propaganda?

☮ Ver se as cores que você quer usar ficam legais juntas. Faça um risquinho de cada cor, uma do lado da outra, pra ver se você gosta.

☮ Se você estiver lendo o *e-book*, não precisa se preocupar com nada disso; então, use o espaço como quiser e seja feliz. Quem dera a vida tivesse o botão "desfazer" também.

Falando nisso, como este livro chegou até você? Assinale quantas alternativas quiser:

( ) Comprei porque julgo o livro pela capa e a deste passou pelo meu controle de qualidade.

( ) Comprei porque sou riquíssimo(a) e não tinha mais onde gastar minha fortuna.

( ) Ganhei de um semiconhecido e agora estou me perguntando se ele me acha doido(a).

( ) Comprei porque acho que eu sou doido(a), mesmo, e só queria confirmar.

( ) Peguei emprestado e não pretendo devolver.

( ) Peguei emprestado e pretendo devolver se eu lembrar.

( ) Comprei com meu salário de estagiário(a) e vou almoçar miojo até o mês que vem.

( ) Não comprei, só folheei na livraria e quis responder porque sou viciado em enquetes.

( ) O(a) *crush* falou que era legal e aí eu comprei pra ter assunto.

( ) Pedi de presente e ganhei porque sou muito querido(a).

( ) Outro: ....

Agora, chegou a minha vez de contar como vim parar aqui. Tudo começou duzentos e cinquenta anos atrás, quando meus pais se conheceram e... Brincadeira. Eles se conhecem há duzentos e cinquenta anos, mesmo, mas a gente pode começar pelo ano em que eu nasci.

Me chamo Nathalye, mas sempre me apresento como Nath porque quase ninguém sabe ler (é "nátali"), entender ("você disse Dafne?") ou escrever meu nome. Meu pai que escolheu. Segundo ele, foi por causa de uma atriz de Hollywood chamada Natalie Wood, que morreu assassinada. Essa última parte ele não me contou, mas eu soube pelo Google e, desde então, incluo essa informação quando vou me apresentar porque é uma história muito louca. Uma cigana previu a morte dessa atriz quando ela ainda era criança, dizendo pra "ter medo da água escura", e ela morreu afogada nos anos 1980 em circunstâncias até hoje não esclarecidas. É o tipo de caso sobre o qual a gente pode passar horas lendo reportagens, assistindo a documentários e criando teorias, coisas que eu adoro fazer.

Mas além de ser a personagem principal dessa história misteriosa, preciso dizer que a Natalie Wood também era talentosíssima, fez mais de sessenta filmes e foi indicada ao Oscar três vezes, além de ser muito bonita. Acho que a gente nunca deve resumir uma pessoa a uma coisa que aconteceu com ela.

Meu sobrenome, Araújo e Silva, deixa bem claro que eu sou brasileira. De Minas Gerais, acredita? Moro em São Paulo há uns bons anos, mas nasci numa cidade bem pequena chamada Paraguaçu. Fica perto de Alfenas e Varginha. Sim, Varginha, onde apareceu o ET. Tá aí mais uma coisa que eu conto quando vou me apresentar, o que denuncia a minha idade, já que o "trem" aconteceu em 1996. Se você for jovem demais pra conhecer essa história, eu conto: apareceu um ET lá, fim. Não quero falar sobre isso. Eu tinha seis anos na época e um arsenal de roteiros de filme de terror na minha cabeça, de tanto pesadelo que eu tive. Pra piorar, os adultos ainda falavam que, se eu não me comportasse, o ET de Varginha ia me levar. Eu acreditava, ele estava lá do lado, mesmo.

Pra terminar, meu pai colocou em mim um segundo nome totalmente à toa que é Christine. Com H. Por quê? Não sei. Infelizmente, não tenho nenhuma outra história com alienígenas ou mortes misteriosas pra contar.

Mas eu espero que você ainda tenha alguma história cabulosa sobre o seu nome pra não acabar o assunto. Caso não tenha, pergunte pra alguém que você desconfia que tenha informações privilegiadas sobre a origem do seu nome.

A princípio, a história pode parecer comum e sem graça, do tipo "foi a minha irmã que escolheu e ela não lembra", mas eu sei que você pode fazer melhor que isso. Por exemplo, por que pediram pra ela escolher? Já pensou nisso? Será que ela estava com tanto ciúme que fugiu de casa pra desbravar o mundo só com uma Trakinas na mochila, foi até a padaria, ninguém sentiu falta e ela voltou? E aí pediram pra que ela escolhesse seu nome, pra ver se ela começava a gostar da ideia de ter que dividir os brinquedos com alguém? Essa fui eu quando tive que escolher o nome do meu irmão... E, no fim, foi Leandro, por causa do Leandro e Leonardo, que eu pensava que era uma pessoa só.

Depois de colher as informações, escreva o motivo do seu nome e justifique sua resposta, igual prova da escola.

E enquanto você espera alguém da sua família responder à pergunta totalmente aleatória que você mandou no WhatsApp agora ("ô, mãe, por que meu nome é Regina George?"), pode pintar o desenho que eu fiz da Natalie Wood com o ET de Varginha.

Eu fui uma criancinha irritantemente feliz. Não curtia muito brincar na rua, principalmente quando isso envolvia correr ou competir com alguém, mas gostava muito de ficar em casa desenhando, brincando com meu gato e vendo filme (parece até que estou falando da minha vida atual). Meu pai tinha uma locadora de filmes e a minha sensação era de que eu poderia assistir a qualquer VHS do mundo inteiro.

TRADUÇÃO ♡ PARA JOVENS

☆ <u>LOCADORA DE FILMES</u>: EMPRESA QUE AGENCIAVA ALUGUÉIS DE FITAS DE VÍDEO.

☆ <u>VHS</u>: VIDEO HOME SYSTEM ERA UM PADRÃO COMERCIAL PARA CONSUMIDORES DE GRAVAÇÃO ANALÓGICA EM FITAS DE VIDEOTEIPE. FOI DESENVOLVIDO PELA JVC NA DÉCADA DE 1970.

FITA VHS

TINHA ATÉ MULTA SE NÃO DEVOLVESSE

Meus pais me deixavam escolher minhas roupas; então, tinha dia em que eu aparecia na casa da minha vó parecendo uma princesa e outro em que eu ia com uma fantasia de formiga do Carnaval. Ela ficava meio preocupada, mas falava que, com o meu cabelo cacheado e meu dente tortinho, tudo ficava fofo. Criança é mesmo uma coisa muito fofa, mas meu dente parecia o da Chloe, do meme.

Eu já gostava muito de desenhar e, logo que aprendi a ler e escrever, fazia histórias em quadrinhos. Algumas eram tão longas que pareciam o *storyboard* de um filme psicodélico sem sentido, que misturava *Rei leão*, *A pequena sereia*, *Aristogatas* e cavalos. Eu gostava muito de desenhar cavalos e até hoje não descobri o motivo disso, mesmo depois de quatro anos de terapia toda terça-feira.

Quando alguém me perguntava o que eu queria ser quando crescesse, eu respondia rápido: desenhista da Disney. Eu achava que era o Walt Disney que desenhava tudo sozinho e que talvez ele precisasse de alguma ajuda. Na minha cabeça, era só eu bater na porta da casa dele com o meu caderno de desenhos que ele me contrataria. Eu só estava esperando meu irmão aprender a andar pra ele poder ir comigo.

Aprendi a falar muito cedo e dava a impressão de que eu não ia parar de falar nunca mais, dizem. Falava com gente estranha na rua, com as minhas Barbies, com meus cavalinhos de borracha, com o gato, com as paredes, com o carteiro, com a televisão e até com o meu irmão que não sabia falar de volta. Eu achava que a minha tia era a pessoa mais inteligente do mundo porque ela era a única que tinha paciência pra responder a tudo que eu perguntava.

Eu fiz esse desenho com quatro anos. Tenho medo dele até hoje.

E sua infância, como foi? Você era uma criança tranquila, endemoniada ou estava mais pra criança prodígio com potencial pra virar um adulto com problemas com drogas?

Pergunta: Você gostava de ir pra escola no prézinho?

( ) Sim, porque eu só ia pra desenhar e comer massinha.

( ) Sim, gostava da hora do recreio, porque tinha comida.

( ) Não, porque minha mãe falava que ia ficar lá comigo mas era mentira.

( ) Sim, porque minha escola tinha um nome engraçado tipo Cebolinha ou Gurilândia.

( ) Não, porque tinha que dar a mão pra outro aluno na festa junina.

( ) Não, porque ficavam a minha mãe e a mãe do outro aluno fazendo um *book* fotográfico nosso de mão dada na festa junina.

( ) Não, porque eu nunca era a(o) noiva(o) da festa junina.

( ) Sim, porque a professora respondia às perguntas absurdas que eu fazia.

( ) Não, porque na sexta-feira podia levar brinquedo, eu esqueci um lá e nunca superei.

( ) Outras respostas:..
....
....
....
....

Qual era seu brinquedo preferido e qual era o nome dele? Ele ainda existe? O que ele diria sobre você, se tivesse a oportunidade?

....
....
....
....
....
....

Barbie
ESSE CORTE SE CHAMA "ELA PENSOU QUE MEU CABELO CRESCIA DE NOVO".
NATH ARAUJO

O que você gostava de fazer?

( ) Assistir ao mesmo desenho até eu decorar as falas.

( ) Assistir ao mesmo desenho até eu e todos os outros moradores da casa decorarmos as falas.

( ) Encher o saco do(s) meu(s) irmão(s).

( ) Comentários inapropriados que deixavam minha mãe constrangida se perguntando onde ela tinha errado na minha educação.

( ) Transformar objetos nada a ver em brinquedos, tipo uma escova de cabelo que virava o Ken da Barbie.

( ) Correr até não saber se ia conseguir parar sem cair.

( ) Dormir na casa do(a) meu(minha) melhor amigo(a).

Continue a lista: ....
....

E do que você não gostava?

( ) Escovar os dentes, tomar banho e todas essas coisas que a gente precisa fazer pra conviver em sociedade.

( ) Brincar na rua e ficar suado(a).

( ) Quando cantavam "Com quem será" pra mim e eu queria abrir um buraco no chão pra poder entrar de tanta vergonha.

( ) Não ter altura suficiente pra entrar na maioria dos brinquedos do parque e parecer que minha mãe me levou só pra me humilhar.

( ) Comer coisas verdes.

( ) Ouvir histórias de terror e ter pesadelos com elas até os trinta anos de idade.

( ) Dormir na casa do(a) meu(minha) amigo(a) e acordar arrependido de noite com saudade da minha mãe.

( ) Ter que guardar meus brinquedos depois que eu espalhava todos pela casa inteira.

( ) Levar bronca do meu pai por ele se machucar depois de pisar num brinquedo que eu não guardei.

( ) Responder que meu pai precisa olhar por onde ele anda e ficar de castigo.

( ) Ficar de castigo.

Continue a lista: ....
....
....
....
....
....
....
....
....
....
....
....

Em resumo, eu tive uma infância muito feliz, com direito a pé de jabuticaba na casa da minha vó, cabaninhas de lençol na sala, bambolê, loira do banheiro, pão com ketchup e todas as fitas VHS do mundo. Eu espero que a sua tenha sido feliz assim também, mas do seu jeito.

Passei muito tempo sem entender o que aconteceu quando me percebi uma adulta com dificuldades pra se expressar, infeliz com o trabalho – que não tinha nada a ver com a Disney –, cabelo alisado e experimentando duzentas vezes uma mesma roupa que, no fim, não tinha coragem de usar. Tente me imaginar numa daquelas plantações de trigo que aparecem em filmes, onde só tem um personagem e mais ninguém, com os braços pra cima, berrando:

— ONDE FOI QUE EU ERREEEEI?

Não sei qual é a ligação que eu faço de plantação de trigo com crise existencial, mas é essa a imagem que eu tenho na cabeça dessa época. Talvez tenha mais a ver com se sentir sozinha num lugar que parece não ter fim. Começou parecendo uma piada sem nexo e ficou profundo, não?

Tudo bem que muitas coisas acontecem desde a sua infância até você virar um adulto, que fazem com que alguns dos seus sonhos e até traços de personalidade sejam diferentes do passado. O mundo muda e, se a gente estiver fazendo o possível pra conviver bem em sociedade, a gente muda também. É por isso que você usa sutiã com alça de silicone, acha que está tudo bem e só se arrepende anos depois.

"O MUNDO MUDA E, SE
A GENTE ESTIVER FAZENDO
O POSSÍVEL PRA CONVIVER
BEM EM SOCIEDADE, A GENTE
MUDA TAMBÉM."

Mas digamos que naquela altura eu também não estava riquíssima, morando em Beverly Hills e sendo miga da Paris Hilton como eu tinha vontade.

HEY, NATH! LET'S BE MIGAS!

Voltando à cena conceitual na plantação de trigo, depois de berrar mil vezes a mesma pergunta sobre onde eu tinha errado, eu percebi que ninguém me respondia. Até tinha quem tentava ajudar e aparecia com um *print* de frase motivacional do Pinterest, mas nada que adiantasse muito. "Seja você mesmo." "Faça mais o que você ama." "Viva seus sonhos." "A vida é uma só." Não importavam quantas legendas de blogueiras *good vibes* do Instagram eu lesse, elas só me deixavam ainda mais perdida. Pra piorar, faziam com que eu me sentisse ingrata. Como eu poderia estar me sentindo incompleta se já tinha dado *check* na maior parte da lista da jovem adulta que deu certo?

EU JÁ:
- ☑ TINHA SAÍDO DA CASA DOS MEUS PAIS
- ☑ MORAVA NA CIDADE GRANDE
- ☑ TRABALHAVA
- ☑ ERA INDEPENDENTE FINANCEIRAMENTE

ALÉM DISSO, EU TINHA:

- MÁQUINA DE LAVAR
- NAMORADO
- DIPLOMA
- CARTEIRA ASSINADA
- LIKES NO INSTAGRAM

Todo mundo achava que eu estava ótima. E eu pensava que, fazendo o que era considerado bacaninha pela maioria, eu estaria bem. Ainda mais porque toda vez em que eu tinha vontade de fazer algo diferente ou pensava numa coisa "fora da curva", eu me sentia meio doida. E ser doido não é considerado algo bom.

Se, quando criança, eu achava que o legal era ser diferente, com o tempo comecei a ter medo de destoar das outras pessoas. Foi aí que as coisas começaram a se perder. E, aos poucos, cada vontade genuína minha foi parar na mesma dimensão pra onde vão os lacinhos de cabelo e as canetas BIC.

Acho que um dos principais motivos que fazem a gente colocar a nossa vida na mão de outras pessoas é a nossa vontade de ser aceito. Parece idiota, mas todo mundo quer ser querido, até aquele seu amigo superblasé que adora falar de bandas que ninguém ouve além dele. Pra resumir de forma dura e direta, eu não tinha coragem de bancar quem eu era. Na verdade, acho que eu nem sabia direito quem eu era. Aí, ficava mais difícil ainda.

Depois de uma longa jornada cheia de livros de autoajuda cafonas, filmes utópicos de mulheres viajando pelo mundo em busca de si mesmas com um dinheiro vindo do além, sessões de psicanálise e tentativas frustradas de meditação (um dia, eu vou conseguir), sinto que o que me ajudou de verdade foi saber que eu decorei todas as falas de *As patricinhas de Beverly Hills*. Foi aí que eu percebi que eu era meio doida, mesmo, e que isso era lindo.

Se eu pudesse desejar algo, primeiro, eu queria um refil infinito de Coca- Cola, depois, eu queria uma banheira rosa em formato de coração na minha casa e, no fim, queria que este livro te ajudasse a enxergar tudo que você tem de diferente dos outros como algo bom. Principalmente aquelas peculiaridades que te fazem olhar no espelho e pensar que tem algo errado com você, porque eu espero que tenha mesmo.

Na real, eu tenho uma teoria de que todo mundo é meio doido, em menor ou maior grau. E eu tenho muita curiosidade sobre gente louca. Sou do tipo que presta atenção em morador de rua que fala sozinho e chuta o poste, pensando que a qualquer minuto pode sair da boca dele uma frase que vai mudar minha vida. Nunca aconteceu. No máximo, eu saí correndo depois que um gritou:

— GUILHOTINA NELA!!! — Juro.

Doidos me interessam, mas me assustam um pouco. Deve ser daí que vem o interesse. Sei lá. Mas com certeza é daí que vem essa minha mania de achar que qualquer um que para do meu lado na rua é assassino e vai me arrastar pra um beco escuro se eu der bobeira.

Eu andei vendo aquele seriado *Obsessed*, que é tipo um *reality show* sobre pessoas que têm TOC e transtornos de ansiedade. Tinha uma mulher lá que ficava 25 minutos escovando os dentes, outra que passava mais de duas horas no banho, outra que não colocava nada dentro da geladeira pra não ficar pesada demais e cair no apartamento de baixo (?), um cara que ia na academia cinquenta vezes por semana,

"Na real, eu tenho uma teoria de que todo mundo é meio doido,

EM MENOR OU MAIOR GRAU."

uma moça que arrancava fio por fio do cabelo antes de dormir... Tenso. Dá até pra se achar bem normal depois de ver tanta gente estranha – ou fazer exatamente o contrário e ficar buscando pequenas loucuras no seu dia a dia, como a gente vai fazer bastante neste livro.

Uma coisa muito louca que eu faço é falar sozinha. Falo mais sozinha do que com os outros. Aliás, o fato de eu ter ficado sem cortina no apartamento nos primeiros dias em que me mudei foi um grande problema. No primeiro dia, fiquei na sala falando (sozinha, claro) e planejando como eu ia decorar. Quando parei pra respirar antes de continuar o monólogo, vi um vizinho me olhando muito em choque no prédio do lado. Fingi que o louco era ele, que estava vendo coisas, e continuei agindo normalmente.

☆ EU SOZINHA:

- DIVAGAÇÕES SOBRE A VIDA E O COSMOS
- BLÁ BLÁ BLÁ
- PIADAS
- LÍNGUA QUE EU INVENTEI

☆ EU COM VÁRIAS PESSOAS:

(...)

Uma amiga me contou que, em certa época da vida, ela sentia que tinha que sair correndo pra atravessar a rua antes das outras pessoas. Era tipo uma OBRIGAÇÃO, senão alguma coisa ruim ia acontecer. Meu pai, então, poderia participar do *Obsessed*. Ele tinha uma coisa com a persiana do escritório. Se ela estivesse torta e alguma coisa ruim acontecesse, ele tinha certeza de que era culpa da persiana, que estava atrapalhando o bom andamento do universo.

Eu prefiro pensar que essas coisas doidas sobre nós mesmos são aquelas que nos fazem ser únicos. E, ao longo deste livro, espero que você descubra várias delas sobre você – e se divirta com todas. :)

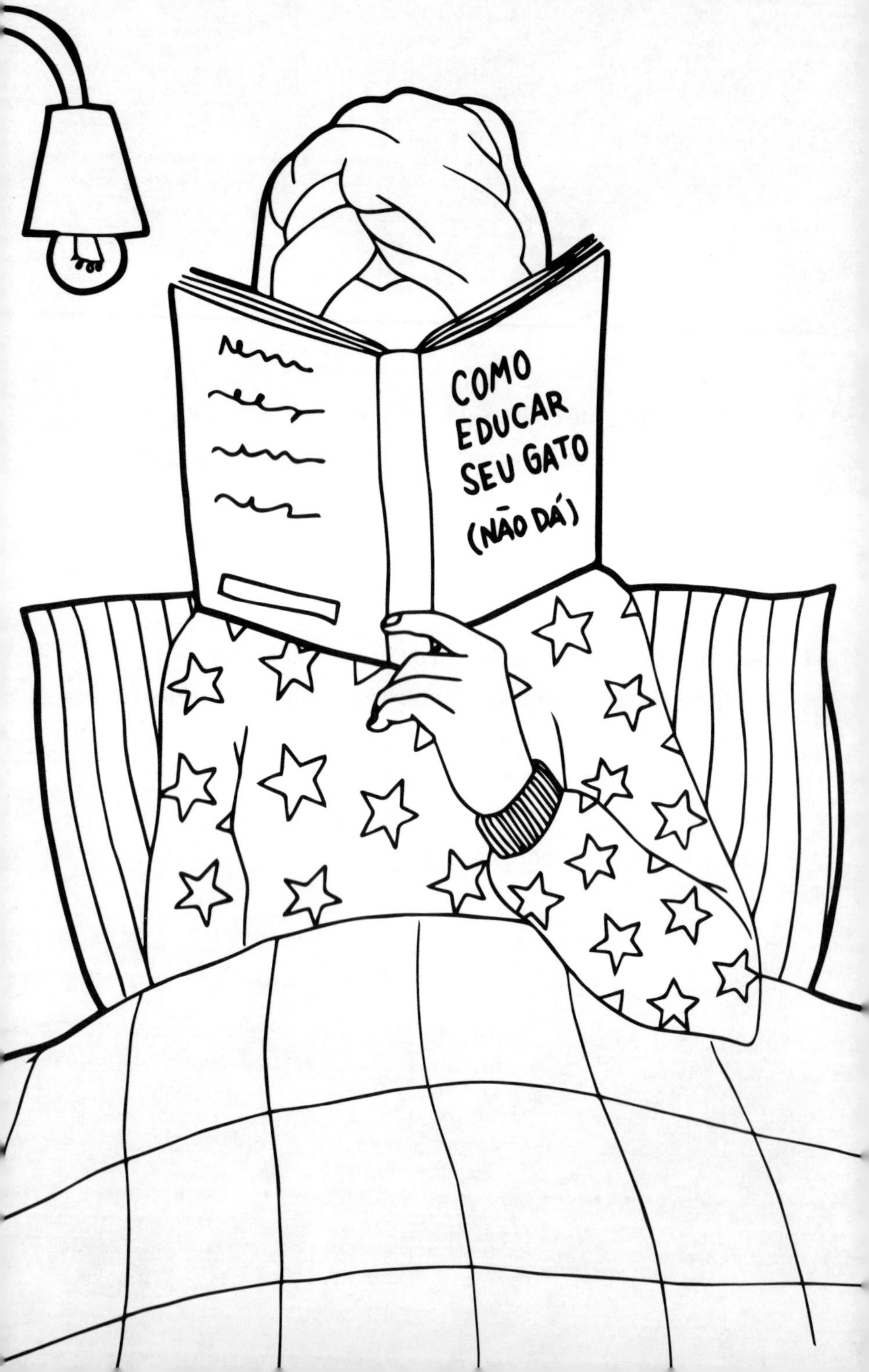
COMO EDUCAR SEU GATO
(NÃO DÁ)

2. INCENTIVE AS PESSOAS A TEREM GATOS

Sem dúvida, a melhor coisa que eu fiz nesta vida foi adotar um gato. Minha intenção inicial era, além de provar pra mim mesma que seria capaz de cuidar de outro ser vivo, ter um bichinho bonito andando pela casa pra eu admirar, mas posso dizer que ganhei muito mais que isso.

Se você me segue no Instagram, com certeza conhece meu gato, o Samuel. Eu não sei muito bem como falar isso, mas digamos que até hoje fico em dúvida se não me confundi e adotei um filhote de demônio da Tasmânia. Em três meses de existência, ele já tinha no currículo dois espelhos, uma taça de vinho e seis copos quebrados, uma televisão derrubada, um quadro rasgado e inúmeras tentativas de estrago de outros, dois tapetes desfiados, muitas marcas de arranhões e mordidas em mim e nas pessoas que entraram em casa, entre outras obras. Fora a beirada da cama e do sofá, que nunca mais foram as mesmas.

SAMUEL ARAUJO
SAMUCAT, SAMULÓKI, SAMU

- NASCIMENTO: 29/12/2017
- ENDEREÇO: MINHA CASA

→ **OBJETIVO:**
- CAUSAR E MIMIR

→ **EXPERIÊNCIA:**
- JÁ QUEBREI 2 ESPELHOS, 1 TAÇA E 6 COPOS
- DESFIEI 2 TAPETES
- DERRUBEI 1 TELEVISÃO
- MORDI TODO MUNDO

O gato causa. Todo mundo que já teve a oportunidade de conhecê-lo comentou sobre o quanto ele é maluco, incluindo os veterinários. Mas, assim como eu não quis resumir a Natalie Wood a um acontecimento trágico, preciso dizer que nesses três meses ele também:

☆ Aprendeu a atender pelo nome.

☆ Aprendeu a atender pelas variações do nome (Samucat, Samulóki, Sama ou Samu).

☆ Sobreviveu às pulgas, que apenas lhe renderam o apelido de pulguinha preta da Tasmânia.

☆ Viu um cachorro pela primeira vez e demorou horas pra me perdoar por ter deixado isso acontecer.

☆ Quis se mudar depois que eu comprei um aspirador de pó.

☆ Me ensinou a não deixar a louça na pia por muito tempo, senão, ele derruba tudo só por diversão.

☆ Ameaçou arranhar a cortina se eu não o deixasse tomar açaí com leite condensado, sendo que eu nunca deixei, então, nem sei de onde veio essa adoração toda.

☆ Espirrou na tela do computador quando eu estava atrasada pra entregar um trabalho.

☆ Ficou olhando pra um ponto fixo no quarto e não me deixou dormir de tanto medo (já ele dormiu superbem).

☆ Assistiu a *La Casa de Papel*, *Rick and Morty*, *RuPaul's Drag Race*, *BoJack Horseman* e todos os vídeos do canal Diva Depressão comigo.

✯ Ignorou um brinquedo caro que eu comprei e brincou com a caixa.

✯ Dormiu na mesa, foi virar pro lado e caiu.

✯ Abriu a porta do quarto QUE, NA MINHA CABEÇA, ESTAVA TRANCADA.

✯ Tem mais amigos no prédio do que eu, que sou só "aquela menina dona do Samuel".

✯ Triplicou o número de pessoas que assistem aos meus Stories do Instagram, porque elas querem ver o que ele está aprontando.

✯ Dormiu na pia e se recusou a sair de lá, mesmo sabendo que eu precisava escovar os dentes.

✯ Derrubou tudo a que tinha direito no chão.

✯ Me faz dar risada todo santo dia.

Ele tem tanta personalidade que consigo imaginá-lo falando, sério. Dizem que os gatos são assim, mas como não posso falar de todos do mundo, fica aqui o registro do quanto eu valorizo minha amizade com o Samucat. Se em três meses ele já virou minha vida do avesso, fico preocupada e feliz imaginando quanta coisa ele ainda vai aprontar.

Tem até aquela frase de efeito que as tias adoram compartilhar no Facebook com a legenda "aviso para as recalcadas":

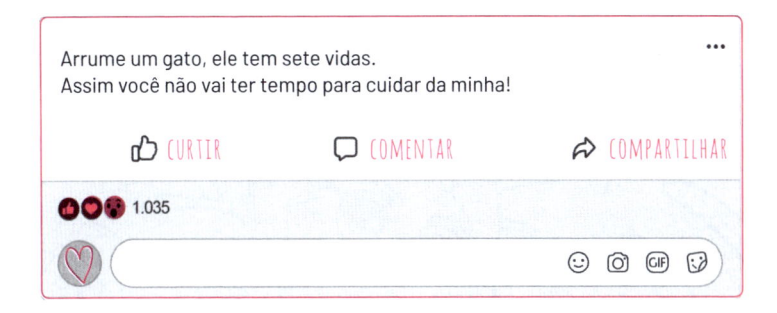

> Arrume um gato, ele tem sete vidas. Assim você não vai ter tempo para cuidar da minha!
>
> 👍 CURTIR   💬 COMENTAR   ↪ COMPARTILHAR
>
> ❤️ 1.035

Publicações de tias no Facebook à parte, essa frase fez todo sentido depois que eu e o Samuel começamos a dividir o apartamento. Te juro que um gato vai te manter tão ocupado que você nem vai ter tempo pra perder com coisa inútil, tipo se comparar com os outros ou se preocupar com o que estão pensando de você.

Eu sei que é difícil não comparar o seu domingo de pizza requentada com o daquela menina do Instagram que está esquiando nos Alpes suíços, mas a gente precisa se lembrar de que uma coisa leva a outra. Quanto mais você repara nos outros, mais você acha que estão reparando em você, e mais noiado consigo mesmo você fica. E aí o que seria uma simples invejinha saudável se torna um problemão que te paralisa na hora de fazer as coisas de que você tem vontade. Aí, já não basta ter que consultar a si mesmo, você ainda vai se sentir na obrigação de perguntar pra todo o restante do mundo se tudo bem fazer determinada coisa.

NO INSTAGRAM

NA VIDA

Mas olha só, o contrário também funciona, só que de um jeito bom. Quando você para de reparar tanto nos outros, você para de achar que estão reparando em você também. E a sensação é libertadora.

Claro que a gente não pode viver na ilusão de que ninguém tá nem aí pro que a gente faz. É óbvio que as pessoas reparam, julgam e pensam coisas boas e ruins sobre você. Faz parte. A gente também faz isso em maior ou menor grau, desde se preocupar com a sua prima que entrou na faculdade antes de você até com a Britney, que raspou a cabeça e agrediu pessoas com um guarda-chuva em 2007.

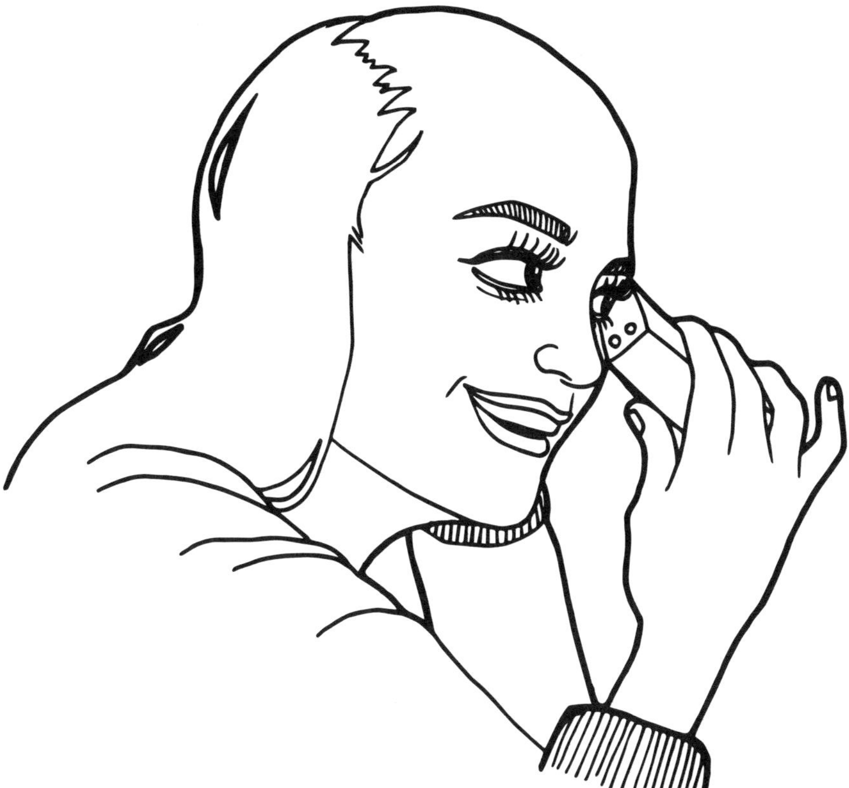

Mas posso te falar uma coisa que eu reparei? Só entre nós. Essa informação pode doer um pouco no começo, mas juro que depois vai te fazer bem. A verdade é que todo mundo está cheio demais de boleto e paranoia na cabeça pra ficar tão preocupado com você. Serião. A gente tem o costume de se enxergar como o centro de todo o universo, sendo que a gente só é o centro do nosso, e as pessoas passam muito menos tempo pensando em nós do que parece. Pode ser que, sim, alguém olhe sua roupa e se pergunte como você teve coragem de sair de casa daquele jeito, mas em dois minutos a pessoa vai se lembrar da mensagem de ontem que o(a) *crush* visualizou e não respondeu e ficar em dúvida sobre mandar outra. Afinal, o "não" ela já tem, agora, ela vai atrás da humilhação. E, aí, ela manda a mensagem que não deveria ter mandado. Entendeu o que eu quero dizer? Quem vai passar o dia usando a sua roupa é você, então, você é o(a) único(a) que se preocupa com ela realmente.

Se mesmo assim você sentir que tem alguém se preocupando SERIAMENTE com a sua vida, porque tem muita gente louca (de verdade) neste mundo, o problema é da pessoa, e não seu. Quem precisa gastar tempo e algum dinheiro se tratando no psiquiatra é ela. E se a coisa ficar séria, chama a polícia.

Além de adotar um amigo gato, aí vai uma lista de coisas que você poderia fazer em vez de se preocupar com os outros:

Fazer um dia de beleza alternas:

Depois de chegar até aquela foto de 7.675 *weeks ago* da Yasmin Brunet, nós já sabemos o que vai acontecer. Tudo começa com um *print* que você manda pra sua amiga falando que você vai mudar de vida. Em seguida, você joga as lasanhas congeladas fora, vai correndo ao mercado comprar uma abóbora orgânica pra fazer sopa, chega lá e descobre que tem quinze tipos de abóbora, sendo que você não sabia a aparência nem de uma, compra óleo de coco, semente de uva, abacate, pitaia, café; a moça do caixa pensa que você vai fazer um bolo, mas você chega em casa, passa tudo na cara e no cabelo e fica lá se sentindo uma princesa orgânica sereia amante da natureza. Não sei quanto tempo esses hábitos saudáveis vão durar, mas pensa que, pelo menos, você tirou algo bom das horas de vida que você perdeu *stalkeando* no Instagram.

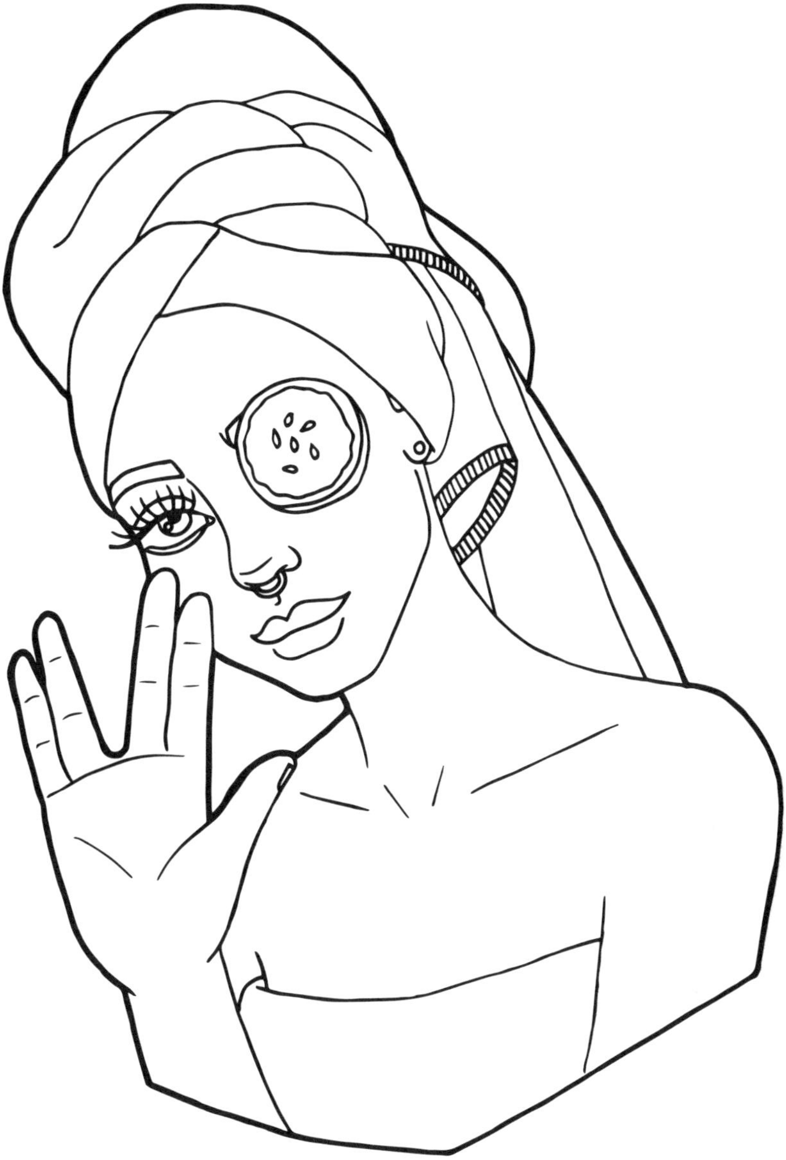

Pesquisar sobre teorias da conspiração e ficar ainda mais doido(a):

Tem coisa que a gente faz melhor do que especular sobre situações que só existem na nossa cabeça? Sua amiga posta foto com uma pessoa que você não conhece no Instagram e você fica se perguntando o que fez pra ela te trocar pra sempre; o(a) *crush* não curte sua foto nova de perfil e você já procura um psicólogo pra poder lidar com o término de algo que nem começou; seu chefe fala que quer conversar e você já posta no Facebook que tá aberta a novas oportunidades... Que tal aceitar que esta vida é muito louca e a gente não tem certeza sobre nada nunca? Ou melhor: por que não usar de toda essa criatividade paranoica pra especular sobre coisas mais LEGAIS? Sério, você já pesquisou a fundo sobre a Área 51? Já viu a história de que a Avril Lavigne morreu e foi substituída? E se quiser fritar a cabeça, mesmo, já parou pra pensar que a sua vida pode ser uma grande mentira e você estar vivendo numa simulação? Sim, pode ser que você esteja se lascando dia após dia só pra alguém rir jogando The Sims com você. Vou te dar mais algumas ideias sobre o que pesquisar pra ficar mais doido(a) ainda:

Projeto MK Ultra

Michael Jackson não morreu

Elvis também não

Mas o Paul McCartney morreu, sim

Rancho Skinwalker

Experimento do Sono Russo

Mistério das Máscaras de Chumbo
(ESTE É TENSO)

11 de setembro

Nova Ordem Mundial

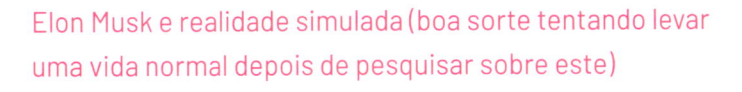

Elon Musk e realidade simulada (boa sorte tentando levar uma vida normal depois de pesquisar sobre este)

Inclua aqui outras teorias da conspiração interessantes:

....
....
....
....
....
....
....
....

Organizar seus memes em pastas:

Como é maravilhoso viver numa época em que você é capaz de expressar tantos sentimentos, frustrações e questionamentos com apenas uma imagem da Nazaré Tedesco fazendo conta. Melhor ainda é perceber que basta enviar um desenho da Mônica mexendo no computador pra pessoa entender que você quer encerrar o assunto. Você já imaginou que viveria numa época em que um GIF da Gretchen poderia dizer mais sobre a situação atual da sua vida do que qualquer outra coisa? Difícil é se manter atualizado com a quantidade de memes que a indústria da internet produz diariamente, ainda mais no Brasil, que já virou referência em exportação. Sendo assim, aproveite seu tempo livre pra organizar o seu acervo de memes e, consequentemente, sua vida também. Tenho algumas sugestões de pastas:

✵ GIFs da Gretchen

✵ Chloe criancinha

✵ Chloe mais velha

✵ Memes que posso mandar no grupo da família

✵ Indiretas pra mandar pro(a) *crush*

✵ Diretas pra mandar pro(a) *crush*

✵ Memes fingindo pro(a) *crush* que eu estava brincando caso ele me dê um fora

✵ Ana Maria Braga

✵ Ana Maria Braga e Louro José

✵ Memes futebolísticos

✵ Política BR

✵ Política internacional (pode chamar só de "Trump passando vergonha")

✵ Girl Power

✵ Choque de Cultura

✵ Choque de Cultura especial Renan

✵ Inclua aqui outras ideias de pastas:

Colorir este desenho:

Está certo que precisamos agir por nós mesmos e não dar tanta atenção pra opiniões alheias, mas, se for muito exagerado, de novo você cai no problema de se achar o centro do universo. Precisamos lembrar que, às vezes, tomamos decisões estúpidas e precisamos mesmo ouvir um amigo que bote juízo na nossa cabeça, principalmente depois de um término de namoro, uma discussão com o chefe ou uns drinques. O importante é saber separar quem está só palpitando pra te diminuir e quem realmente se preocupa com você, sem deixar que os conselhos dos outros comandem a sua vida.

Mas é fato que, se você pensa que amigos só servem pra te chamar de linda, princesa da Disney e dizer que você tá certíssima e falou tudo, esse é o primeiro sinal de que você não tem amigos. Quem é amigão, mesmo, está sempre lá pra te lembrar que seu e-mail adolescente era blinkgirl_cat@hotmail.com e rir da sua cara.

Outra situação bastante comum que precisa de um toque de um amigo é quando você está com o dente sujo. Se você chegou em casa às 19h depois de passar o dia com várias pessoas e se deparou com uma alface gritando no seu dente, repense suas amizades.

E se no seu guarda-roupa só tem roupa sua e não está faltando nada, definitivamente, você é uma alma solitária. A minha jaqueta preferida eu não sei de quem é. Alguma amiga me emprestou há tanto tempo que nenhuma de nós lembra. Falando nisso, Carol, se você ler isto, DEVOLVE A MINHA SAIA PRETA que eu esqueci na casa da Bruna por uns seis meses, fiquei com ela por três horas, você pediu emprestada e nunca mais devolveu. Só pra constar: usei sua bota no Lollapalooza e está imunda. :) Te amo.

    Espero que após esse trecho você tenha confirmado que é uma pessoa que tem amigos. Sendo assim, agora, só falta saber quais conselhos te cabem e quais não. Porque, olha, já me disseram pra não fazer várias coisas que eu não fiz e me arrependi ou fiz e fui feliz. Minhas tatuagens são um exemplo muito simples. Eu demorei sete anos pra criar coragem pra fazer a primeira, sendo que eu já queria havia muito tempo. Realmente, era algo sobre o que eu precisava pensar, já que ficaria na minha pele pra sempre. Mas eu fui tão feliz quando a fiz que deveria ter feito antes! Eu cheguei a ficar preocupada com o que a mãe do meu namorado ia pensar, sendo que nem namorado eu tinha. Sério.

    E, sim, vai haver coisas que vão te dizer pra não fazer, você vai fazer e se arrepender. E ainda vai ter que ouvir um insuportável e sonoro "eu avisei". Mas a verdade é que, mesmo que você se arrependa, nada nesta vida é em vão, e você vai aprender algo com aquilo – ou vai rir, pelo menos.

    Tem também os pequenos arrependimentos da vida que são inevitáveis. Uma experiência é acessar o seu Fotolog de dez (ou mais) anos atrás. Quem viveu essa época sabe do que eu estou falando. É difícil não sentir uma leve vergonhinha ao ver nas fotos as roupas que você usava, os lugares aonde você ia e as coisas das quais reclamava, mas isso não é exatamente ruim. Me faz lembrar de uma frase do meu pai, um verdadeiro filósofo depois de alguns chopes: "Se todo ano você ficar com vergonha do que fazia há dois anos, é sinal de que você evoluiu".

Coisas que falaram pra eu não fazer, eu fiz e me arrependi:

✐ Usar um corretivo no tom errado. Eu estava tão noiada com as minhas olheiras de universitária que comprei o mais claro da farmácia, depois fiquei parecendo um fantasma nas fotos.

✐ Continuar saindo com um cara que nunca postou foto comigo nas redes sociais porque "ele era uma pessoa muito reservada". E pegava a agência inteira.

✐ Entrar em discussão de Facebook. Não interessa o assunto, a impressão que dá é de que ninguém está a fim de ouvir o outro lado, só de falar o que pensa.

COISAS QUE FALARAM PRA EU NÃO FAZER,
EU FIZ E ARRASEI:

♡ Cortar franja. "Mimimi, vai deixar sua testa oleosa e te dar espinhas, seu rosto é muito redondo, você vai ficar refém do secador de cabelo, demora um século pra crescer..." Eu amo tanto minha franja que queria dar um nome pra ela.

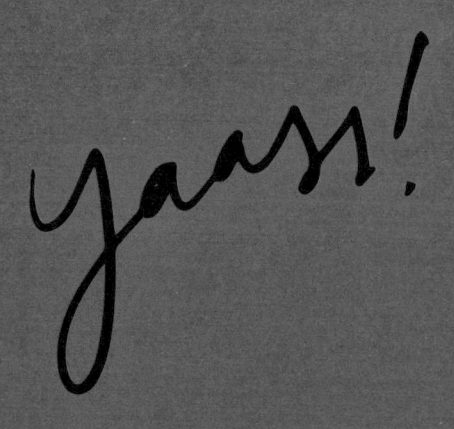

yaass!

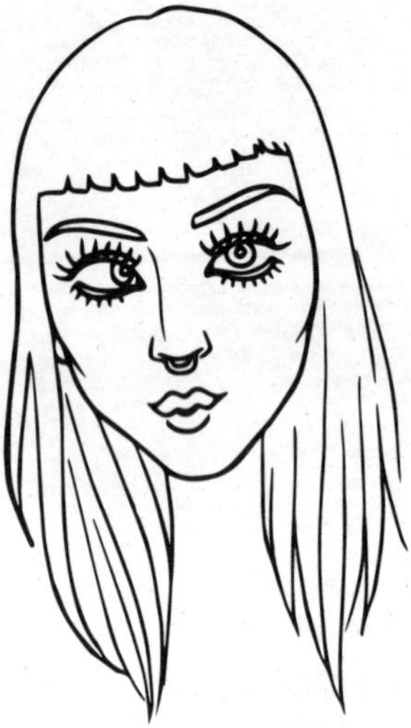

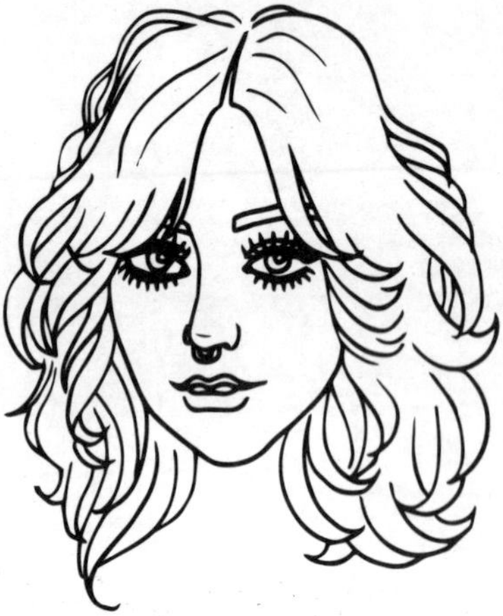

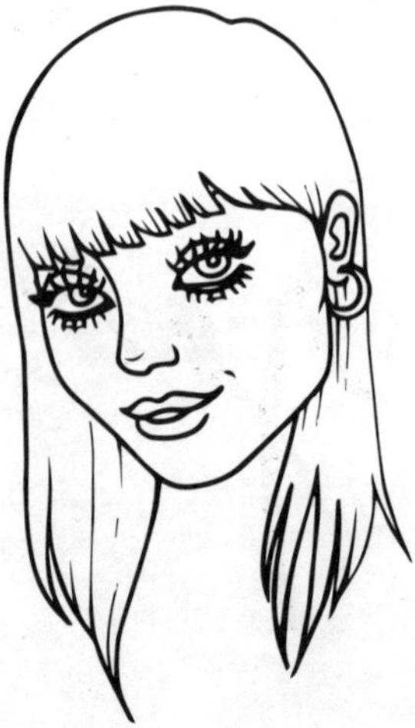

♡ Adotar um gato, porque eu sou julgada como vida louca demais pra conseguir cuidar de um. Convido todos pra curtirem as fotos da belíssima pantera negra que o Samuel se tornou no Instagram.

♡ Ser vegetariana, "porque dá muito trabalho, você vai ficar anêmica, todo mundo vai te achar fresca e não adianta nada". Por causa disso, eu aprendi a cozinhar, nunca estive tão saudável depois de anos de *fast-foods* semanais e minha comida preferida é estrogonofe vegetariano. Sério, experimentem o strogonoff vegano de palmito e cogumelo que o VegetariRANGO ensina a fazer no YouTube!

♡ Sair da empresa pra trabalhar com meus desenhos. Nem preciso falar mais nada.

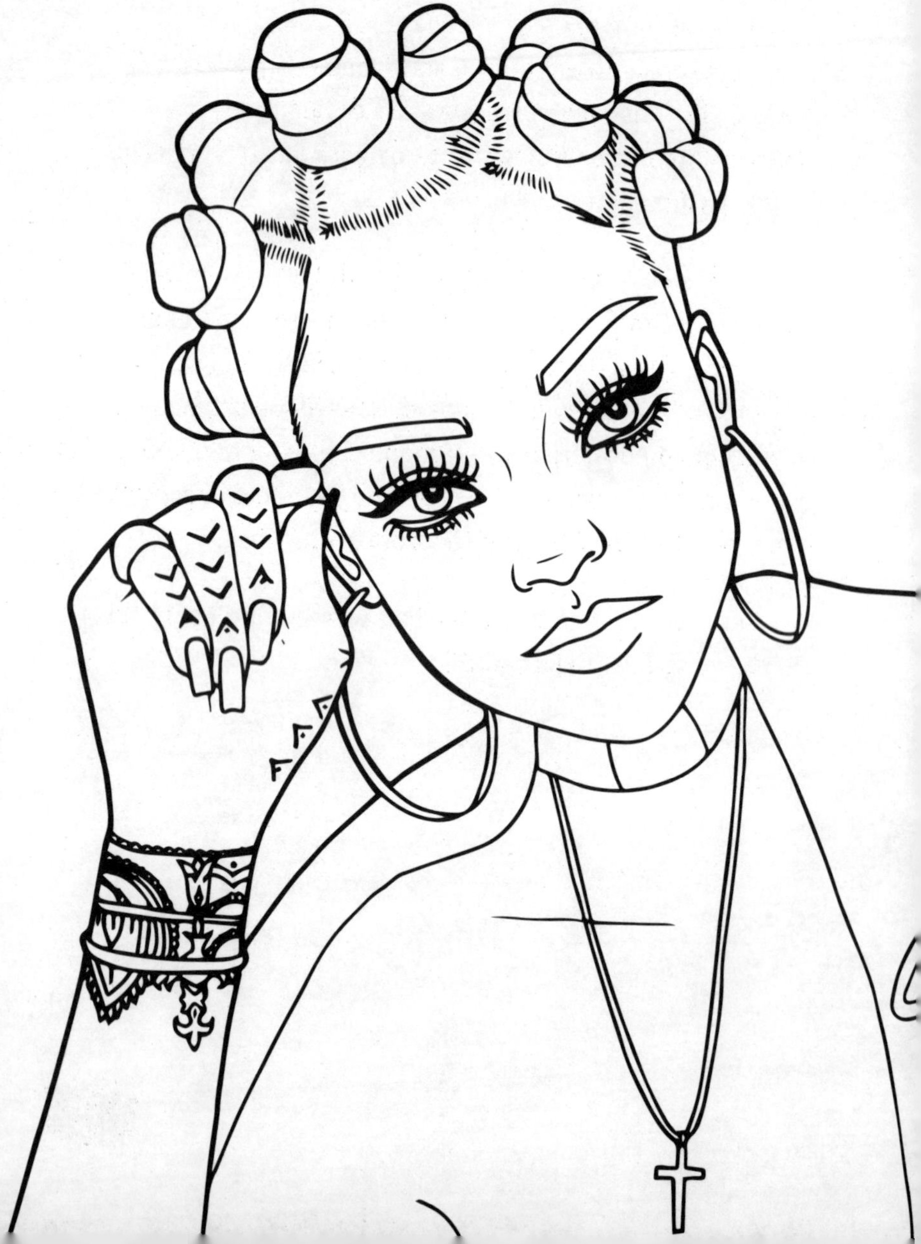

3. É FEIO ATÉ A RIHANNA DECIDIR QUE NÃO É

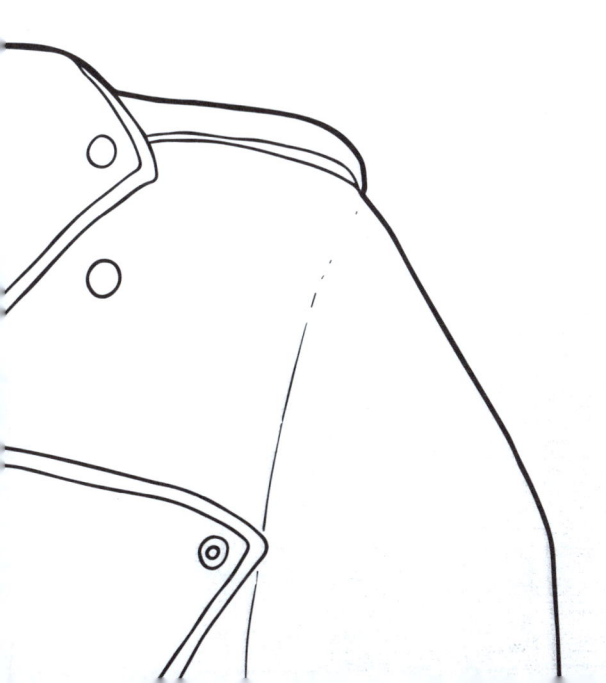

"It's ugly until Rihanna decides it's not."

Se você mora na internet como eu, certamente acompanhou o barulho que essa frase fez no ano passado. O tuíte que deu início a esse meme teve mais de 100 mil *likes* e mostra uma série de fotos da Rihanna usando roupas de passarela, aquelas que a gente olha e não consegue imaginar alguém usando na rua. Nela, ficaram maravilhosas.

Pra mim e pra, pelo menos, outros 100 mil usuários do Twitter, a Riri é o tipo de pessoa que pode fazer e usar o que quiser, porque ela transforma tudo em algo estiloso. E antes que alguém diga que é porque ela é linda, maravilhosa, perfeita e princesa da Disney, a gente precisa se lembrar de que nem sempre foi assim, principalmente depois da história com o Chris Brown. Essa personalidade incrível foi algo que ela construiu, sendo sempre autêntica, do tapete vermelho às praias de Barbados. Tem a ver não só com a sua beleza física, mas também com o que ela diz, faz e representa. Quem não se lembra dela respondendo à repórter da MTV?

— O que você procura no seu próximo homem?

— Perdão?

— O que você está procurando num homem atualmente?

— Eu não estou procurando por um homem. Vamos começar por aí.

Num mundo onde as pessoas estão superpreocupadas com o fato de a Rihanna estar mais gorda ou mais magra, ela só se pronunciou no Facebook com: "Alguém me chamou de gorda?", seguido de três emojis chorando de rir.

Enquanto o povo falava, ela era recebida pelo presidente da França pra falar sobre educação. Nossa Riri é fundadora da Clara Lionel Foundation, uma ONG que financia educação e saúde no mundo todo, inclusive no Brasil, e é embaixadora do Global Partnership for Education, que apoia projetos educacionais em mais de sessenta países. Como se isso já não fosse o bastante, ela também apoia o centro de excelência de oncologia e medicina nuclear de diagnóstico e tratamento de câncer de mama no Hospital Rainha Elizabeth, em Barbados. Não foi à toa que ela foi eleita a ativista do ano pela Universidade de Harvard em 2017.

Isso sem mencionar a sua carreira na música, o sucesso da sua linha de roupas e sapatos pra Puma, que aumentou os lucros da empresa em mais de 90%, e a sua linha de maquiagem Fenty Beauty, que tem "apenas" quarenta tons de base. Ela disse que não interessava quanto tempo fosse demorar, era importante que sua marca fosse a mais inclusiva do mundo. Está bom pra você?

Imagina se ela estivesse preocupada com os comentários sobre o seu peso e resolvesse parar todos os projetos pra emagrecer rápido. Ou se ela estivesse tão noiada com a sua imagem pós-Chris Brown que fosse atrás de outro cara logo, provavelmente um embuste que atrasaria a sua vida. Ter estilo, pra mim, tem tudo a ver com isso. É saber onde se está e de que lugar você enxerga a vida. A Rihanna não diminui seu corpo, suas palavras e nem suas atitudes para caberem num ideal de perfeição; por isso, ela é tão unicamente... ela.

Outro exemplo são as sobrancelhas da Cara Delevingne. No início de carreira, estranhavam por elas serem grossas e desalinhadas. Num momento em que a moda era ter sobrancelhas desenhadíssimas, a Cara mandou um salve pra todo mundo e quis usar a dela bem natural, independentemente das críticas. Adivinha? As sobrancelhas dela viraram referência de beleza e tendência. Eu só tenho a agradecer por ela me inspirar a ser sobrancelhuda.

As características que são consideradas estranhas por estarem fora dos padrões são aquelas que nos deixam diferentes dos outros. Isso não deveria ser algo legal? Eu amo as sobrancelhas da Cara, o nariz da Lady Gaga, os dentes da Kirsten Dunst e as minhas maçãs do rosto que parecem uma caxumba no lugar errado, mas são muito minhas.

Use este espaço pra escrever características físicas que são muito suas, tipo marcas de nascença, pintinhas, dente torto, aquele ossinho do nariz...

Enquanto você pensa sobre essas características, pode colorir estes looks da Rihanna:

E confirmar como a Cara Delevingne vira outra pessoa sem sobrancelhas. Complete o desenho!

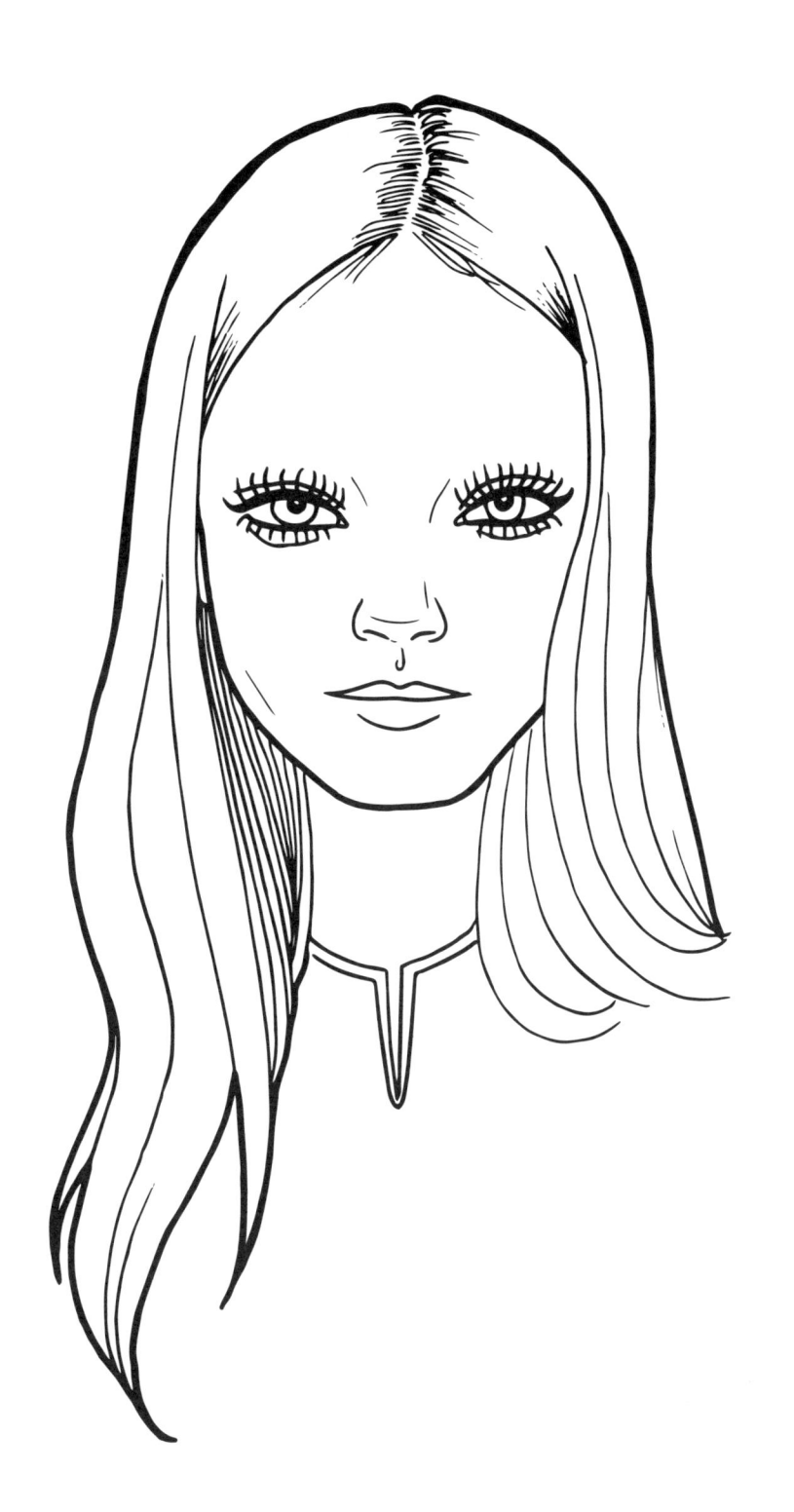

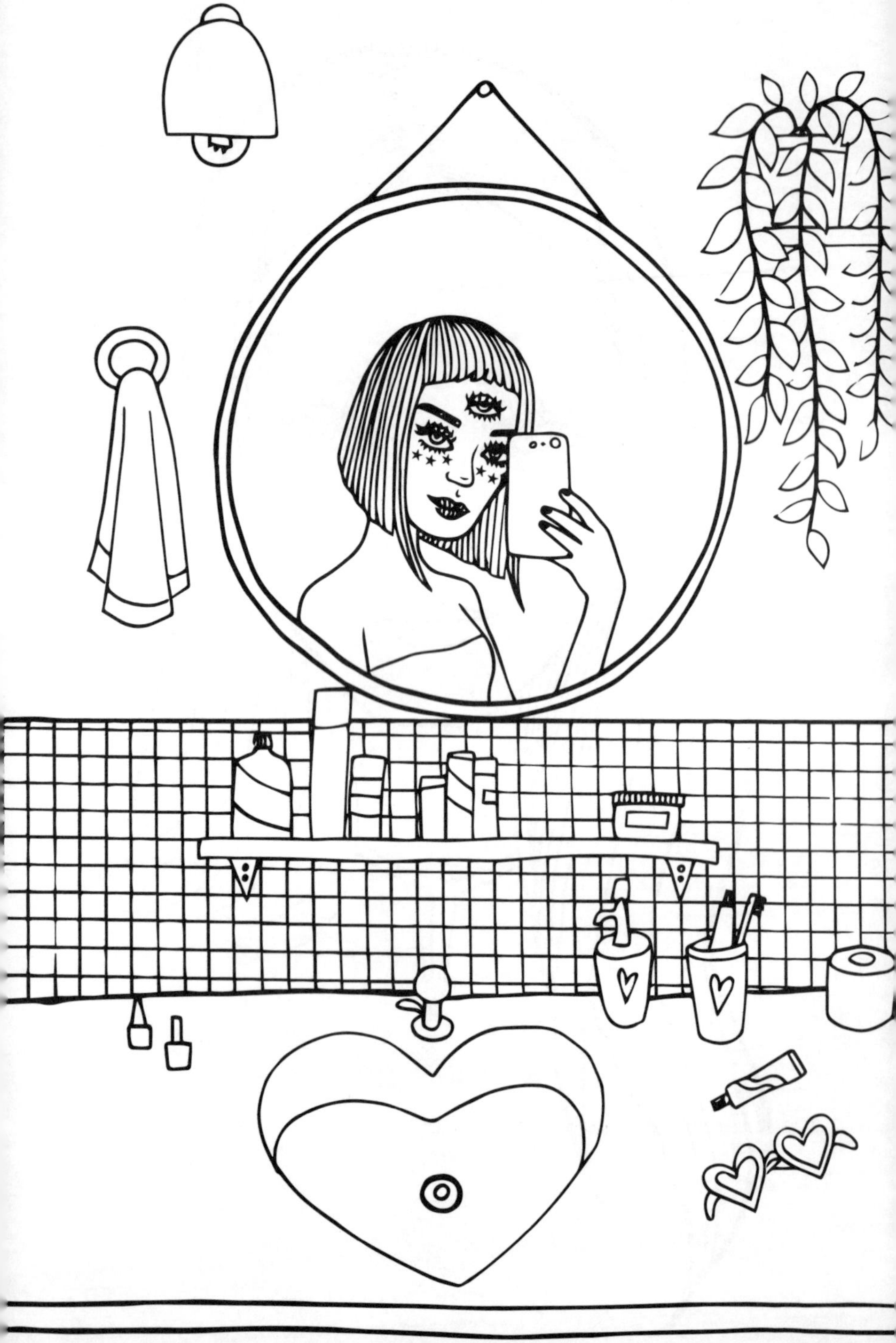

4. QUEM É VOCÊ?

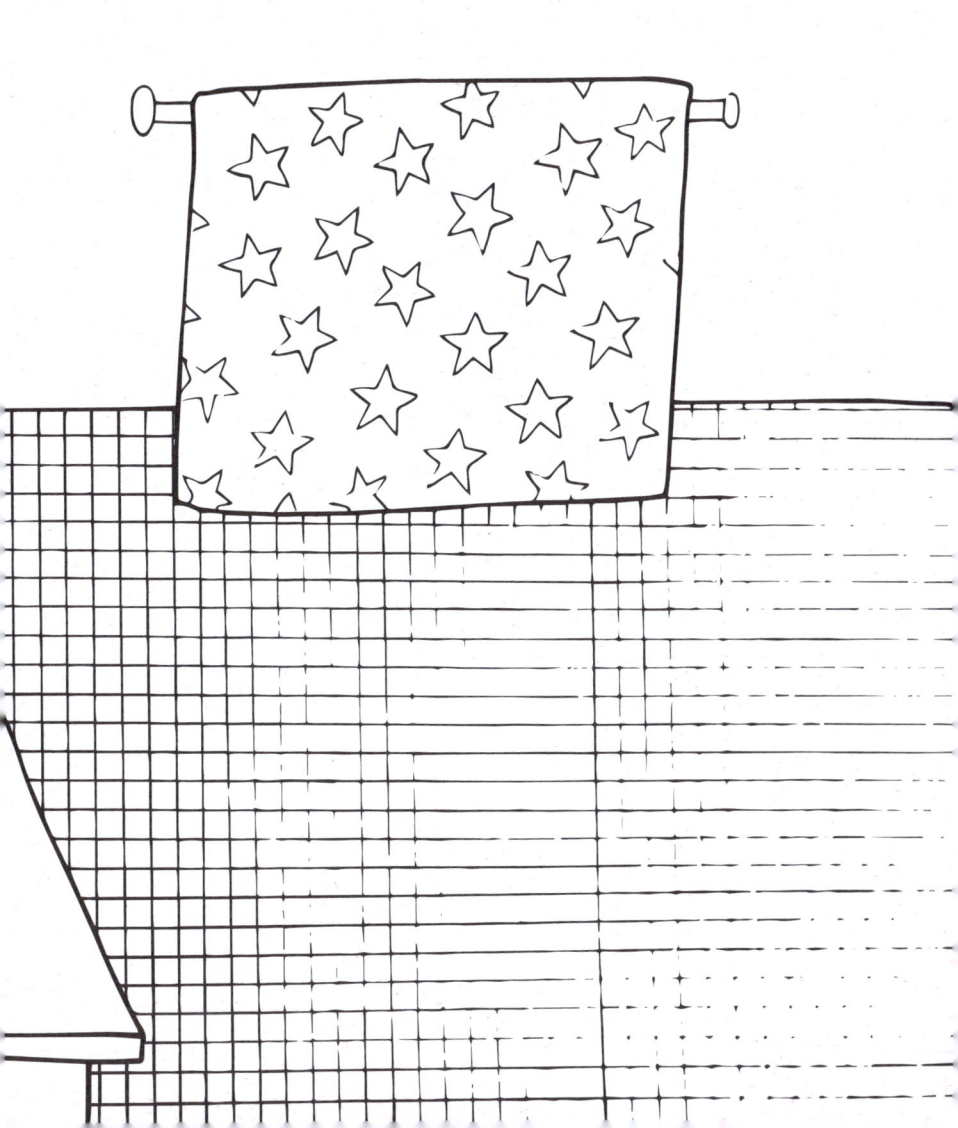

O título deste capítulo parece uma pergunta fácil de responder, mas não é. Normalmente, começamos dizendo nosso nome, idade e profissão. Isso porque, pro mundo em geral, você é o seu trabalho, sua idade, seu sobrenome, o lugar onde você mora e uma série de outras informações que parecem importantes, mas não são.

Pra mim, saber qual é a primeira coisa que uma pessoa salvaria num incêndio em casa me diz mais sobre ela do que a sua idade. Se o Samuel já estivesse fora, eu salvaria o Mickey de pelúcia dele, que eu o ensinei a morder no lugar do meu braço.

Além das informações de sempre que você responde no formulário quando vai abrir uma conta no banco, você é mais um monte de coisas. Você é as histórias que ouviu da sua avó, as pequenas humilhações diárias que já passou – tipo esbarrar numa mesa e pedir desculpa (pra mesa) –, seus desenhos psicodélicos de criança, suas piadas internas com seus amigos, as espinhas que teve na adolescência, os(as) *crushs* que te fizeram gastar perfume à toa e por aí vai.

E se partirmos do princípio que nossa personalidade é formada por um milhão dessas coisas misturadas que, juntas, se tornam algo único, todo mundo já é autêntico por natureza. Olha que lindo!

Tem um questionário famoso que circula pela internet que promete fazer duas pessoas se apaixonarem após responderem 36 perguntas. Ele foi elaborado pelo psicólogo Arthur Aron e testado pela autora Mandy Len Catron, que comprovou a eficácia com um colega de faculdade e compartilhou a experiência em sua coluna no *The New York Times*. A explicação pra que isso aconteça é que essas perguntas, que são bastante pessoais, fazem com que ambos se conheçam melhor e fiquem mais próximos. Se você ficou curioso, pode procurar no Google quais são essas 36 perguntas.

Eu me inspirei nelas pra escrever as perguntas abaixo, mas aqui a ideia é que você se conheça melhor – e me conheça também, já que eu vou responder. Só tente não se apaixonar por mim, risos risos risos.

Se você pudesse jantar com qualquer pessoa do mundo, viva ou morta, quem seria?

✗ O Maurício de Sousa.

....

Você gostaria de ser mundialmente famoso pelo quê?

✗ Pelo meu trabalho como ilustradora e escritora.

....

....

Como seria uma segunda-feira perfeita pra você?

✘ Eu acordaria sem o despertador depois do Samuel me deixar dormir a noite inteira, tomaria café da manhã na padaria, ficaria assistindo a vídeos do Diva Depressão no YouTube enquanto eu desenho, almoçaria estrogonofe vegetariano e sairia à noite com meus amigos pra comer, beber e dar risada até ficar com dor no abdome. E o WhatsApp não existiria mais. Não é muito difícil eu ter um dia perfeito, eu acho, tirando a última parte.

O que você faria se tivesse certeza de que vai viver até os noventa anos, independentemente do que acontecesse?

✘ Eu ia almoçar e jantar leite condensado pelo resto da minha vida.

Se você pudesse voltar no tempo e conversar com seus pais sobre a sua educação, o que falaria pra eles?

✘ Meu pai falava que tinha uma segunda filha chamada Mariazinha e usava isso contra mim toda vez que eu me comportava mal. Eu passei noites sem dormir imaginando onde a Mariazinha morava e todas as Barbies que ela ganhava no meu lugar quando eu chorava pra não tomar banho. Eu diria pra ele que não estava nem aí pra Mariazinha. Aí, quem ia precisar de terapia era ele.

O que você agradece por ter na sua vida?

✖ Uma mãe que apoia minhas doideiras, um pai engraçado, um irmão que também é meu melhor amigo, uma cachorra que assiste à Netflix, um gato que parece gente e um liquidificador vermelho com copo de vidro que bate até pedra.

....
....
....

Se você pudesse acordar amanhã com qualquer talento, qual seria?

✖ Eu queria ter algum talento pra esporte. Isso mesmo que você leu, eu queria ter ALGUM, porque eu tenho zero. Não tenho noção corporal nenhuma. Uma vez, me jogaram a chave de casa de uma distância de dois metros e eu deixei cair no bueiro.

....
....
....
....

Se uma bola de cristal pudesse falar sobre o seu futuro, você ia querer saber? O que você perguntaria?

✗ Acho que eu ficaria muito nervosa e não ia querer saber de nada.

....
....
....
....

Qual foi a coisa que você fez que te deixou mais orgulhoso(a) de si mesmo(a)?

✗ Pagar meus boletos em dia.

(selo: NÃO ATRASOU OS BOLETOS)

....

E envergonhado(a)?

✗ Esquecer de pagar os boletos.

....

Quão próximo você é da sua família?

✗ Não moramos juntos, mas estamos sempre trocando memes no WhatsApp. Também gostamos de comer e ver filme juntos.

Qual foi a última vez que você chorou na frente de alguém?

✗ Foi quando eu fiquei sem dinheiro na Colômbia, não sabia que era feriado e o segurança do banco fechou a porta na minha cara. Chorei até abrirem umas três horas depois.

Se sua casa pegasse fogo e você só pudesse salvar um item, qual seria?

✗ O Mickey do Samuel.

Agora, vamos às listas que, a essa altura, você já deve ter percebido que eu amo. Pra você se sentir mais à vontade, vou te contar algumas peculiaridades minhas, e depois quero que você conte as suas também.

Pequenas HUMILHAÇÕES DIÁRIAS pelas QUAIS JÁ PASSEI (E AINDA passo COM certa FREQUÊNCIA)

☆ Entrar no carro errado.

☆ Mandar beijo no final do pedido do delivery.

☆ Enviar mensagem errada no WhatsApp falando da pessoa.

☆ Acenar de volta e não ser pra mim.

☆ Pedir um pão com Nescau e um leite na chapa.

☆ Errar o número de beijos ao cumprimentar alguém de outra cidade.

☆ Responder "crédito ou débito?" com "sim".

☆ Chamar a professora de mãe.

☆ Continue a lista:

☆ ……………………………………………………………………
☆ ……………………………………………………………………
☆ ……………………………………………………………………
☆ ……………………………………………………………………
☆ ……………………………………………………………………
☆ ……………………………………………………………………
☆ ……………………………………………………………………
☆ ……………………………………………………………………
☆ ……………………………………………………………………
☆ ……………………………………………………………………
☆ ……………………………………………………………………
☆ ……………………………………………………………………
☆ ……………………………………………………………………

Coisas que fariam os outros terem medo de mim:

◢ Eu sou viciada no tema "*serial killers*". Sei o nome e a história de todos os mais famosos. Nem teve graça quando eu assisti àquele seriado *Mindhunter*, porque eu já sabia de tudo.

◢ Sou *stalker* profissional nas redes sociais. Às vezes, alguém me fala algo que aconteceu em 1943 e eu tenho que fingir que não sabia. E o pior é que eu stalkeio gente nada a ver. Quando eu vejo, já estou no perfil da mãe do cara que trabalha no caixa da padaria.

≋ Quando estou numa avenida movimentada, fico imaginando como seria se eu entrasse na frente dos carros.

≋ Eu faço umas apostas absurdas comigo mesma, tipo se eu não chegar na cozinha antes do micro-ondas apitar, meu prédio vai desmoronar.

≋ Adoro ficar ouvindo conversa dos outros na rua.

≋ Continue a lista: ....
....
....
....
....
....
....
....
....
....
....
....
....
....

Motivos idiotas pelos quais eu já briguei com alguém:

≋ Com meu irmão: aos doze anos, eu queria assistir ao *Disk MTV* e, ele, *Dragon Ball Z*, mas a televisão da sala era só uma. Fiquei tão brava que joguei o controle na direção dele só pra assustar, mas acertei a cabeça dele, machucou e minha mãe me deixou de castigo sem televisão.

≋ Com um ex-namorado: assistimos a um *reality show* em que, no final, a participante poderia escolher entre ganhar 50 mil reais ou se casar com o cara. Ele perguntou o que eu escolheria se ele fosse o cara, eu disse que queria 50 mil.

≋ Com uma amiga: depois de uma festa, eu cismei que aquele negocinho de proteger pra tampa não encostar na pizza era uma "minimesa" e pedi pra ninguém derrubar. Minha amiga derrubou e eu passei catupiry no cabelo dela.

≋ Continue a lista:

Coisas que eu achava quando era criança

≡ Que o Banco imprimia notas à vontade pra todo mundo. Se faltasse dinheiro, era só você passar o cartão naquela maquininha.

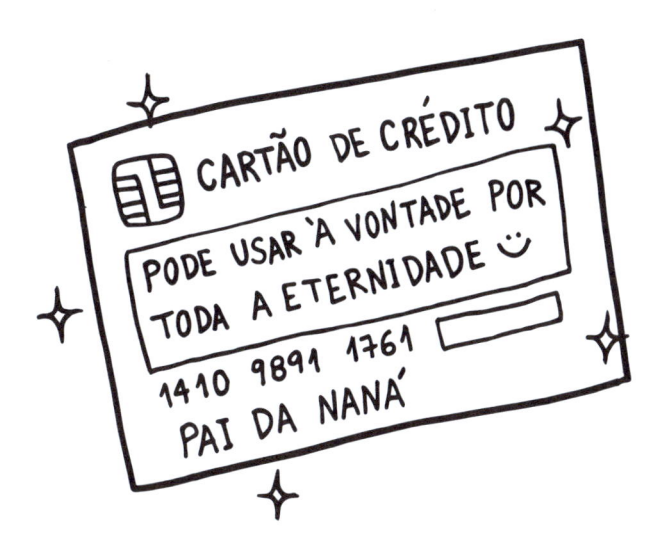

> CARTÃO DE CRÉDITO
> PODE USAR À VONTADE POR TODA A ETERNIDADE ☺
> 1410 9891 1761
> PAI DA NANÁ

≡ Que se eu cavasse um buraco bem fundo no parquinho eu encontraria fósseis de dinossauro.

≡ Ou petróleo.

≡ Que o carro sabia quando você ia virar e ligava a seta sozinho.

≋ Que a Xuxa morava na televisão.

≋ Que se eu tampasse o ralo no banho eu ia fazer uma piscina (minha mãe nunca me deixou ficar tempo suficiente no chuveiro pra isso).

≋ Que se eu cortasse o cabelo da Barbie, ele cresceria de novo.

≋ Continue a lista: ....
....
....

Misturas de comidas que eu gosto de fazer:

- Batata-frita com sorvete ou milk-shake.

- Arroz com ketchup.
- Pão com ketchup.
- Miojo com ketchup.
- Ketchup com ketchup.
- Continue a lista:

MÚSICAS CAFONAS

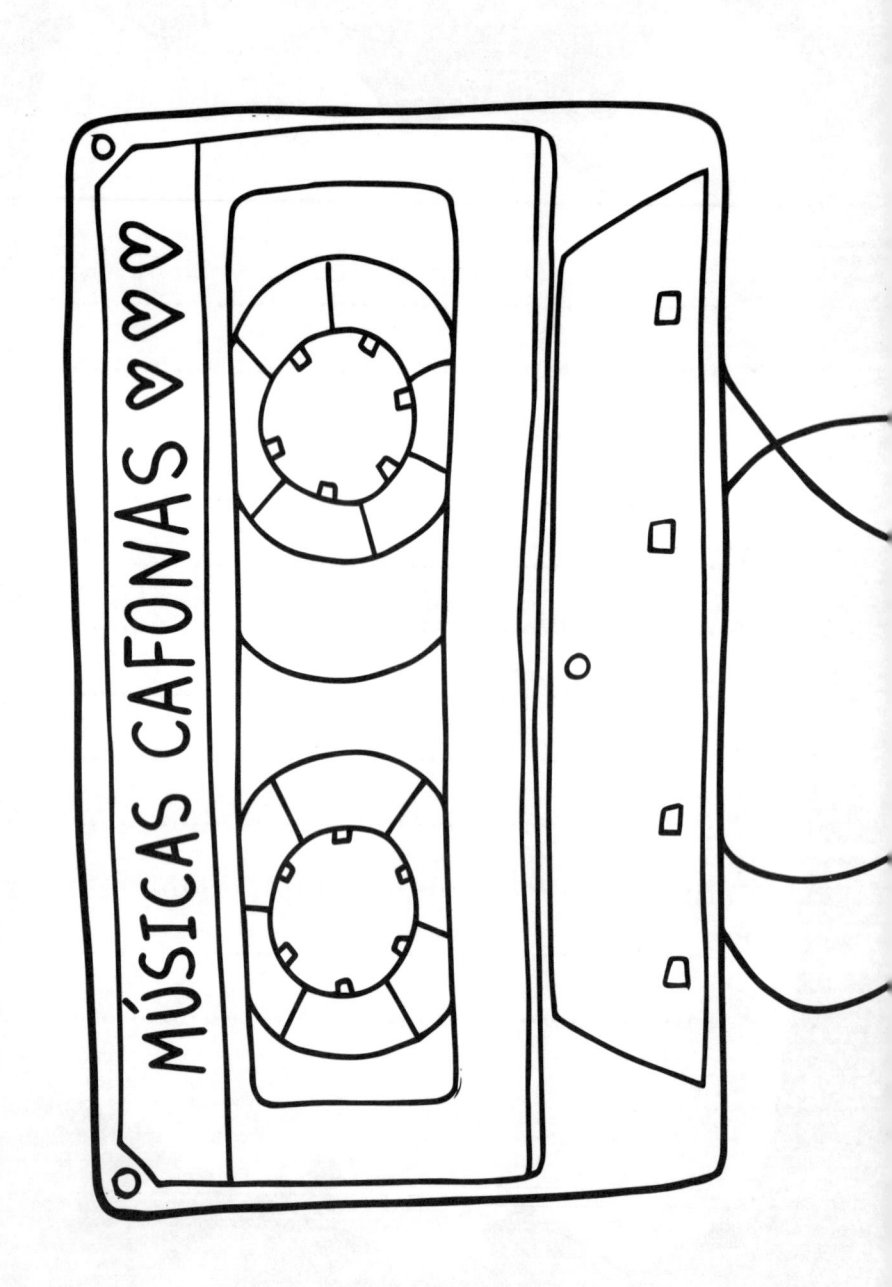

5. A IMPORTÂNCIA DOS GUILTY PLEASURES

Guilty pleasure, numa tradução direta, é aquele prazer culpado. Algo de que você gosta, mas que sabe que não é de muito boa qualidade ou é um gosto socialmente questionável, que você não tem orgulho de falar que curte numa roda de amigos. Na verdade, você tem até uma certa vergonha.

São prazeres meio bizarros, que vão desde preferência por filmes até umas manias não tão poéticas quanto as da Amélie Poulain. É tipo aquela sua amiga que lê revistas de fofoca no banheiro do trabalho com medo de você descobrir, sendo que você tá no mesmo andar ouvindo É o Tchan no último volume no fone.

Isso me lembra da época em que aparecia a música que você estava ouvindo no status do MSN e, se te dava vontade de ouvir um Furacão 2000, você precisava desabilitar, senão, todo mundo ia descobrir que você não era "du rock" de verdade.

E, sim, chegou a hora em que você vai precisar contar seus *guilty pleasures* por aqui. E antes que você fique sem graça de falar, eu acho que o segredo é começar a enxergá-los de outra forma. Primeiro, porque eu tenho uma teoria chamada CVCP que eu acho que faz bastante sentido. Tudo que faz parte do mundo pop passa por algum dos dois seguintes estágios:

CVCP
(Ciclo de Vida da Cultura Pop):

Lançamento > flopa > ninguém lembra

Ou

Lançamento > vira moda > vira brega > vira clássico

Não importa se isso acontece de forma rápida ou se levam anos, a profecia sempre se realiza. Fora que, pra mim, pensar sobre *guilty pleasures* é encontrar algo em você que te faz ser diferente do mundo.

Alguns dos meus *guilty pleasures*:

≈ Programas da tarde cafonas, com psicólogos dando conselhos sobre relacionamento. Quanto mais cabulosa for a pergunta do telespectador, melhor. Ainda mais se for por telefone e ele começar a teimar com o psicólogo ao vivo.

≈ *Reality shows* claramente roteirizados, principalmente se incluírem moda, beleza ou pessoas muito ricas. Eu sou viciada em *RuPaul's Drag Race*, assisti a todas as temporadas de *America's Next Top Model*, fico chocada quando alguém diz que não sabe quem são as Kardashians, morri de vergonha quando minha mãe perguntou se o Hugh Hefner namorava as três coelhinhas da *Playboy Mansion* e nunca superei o fim de *The Simple Life*. Eu amo a Paris Hilton até hoje.

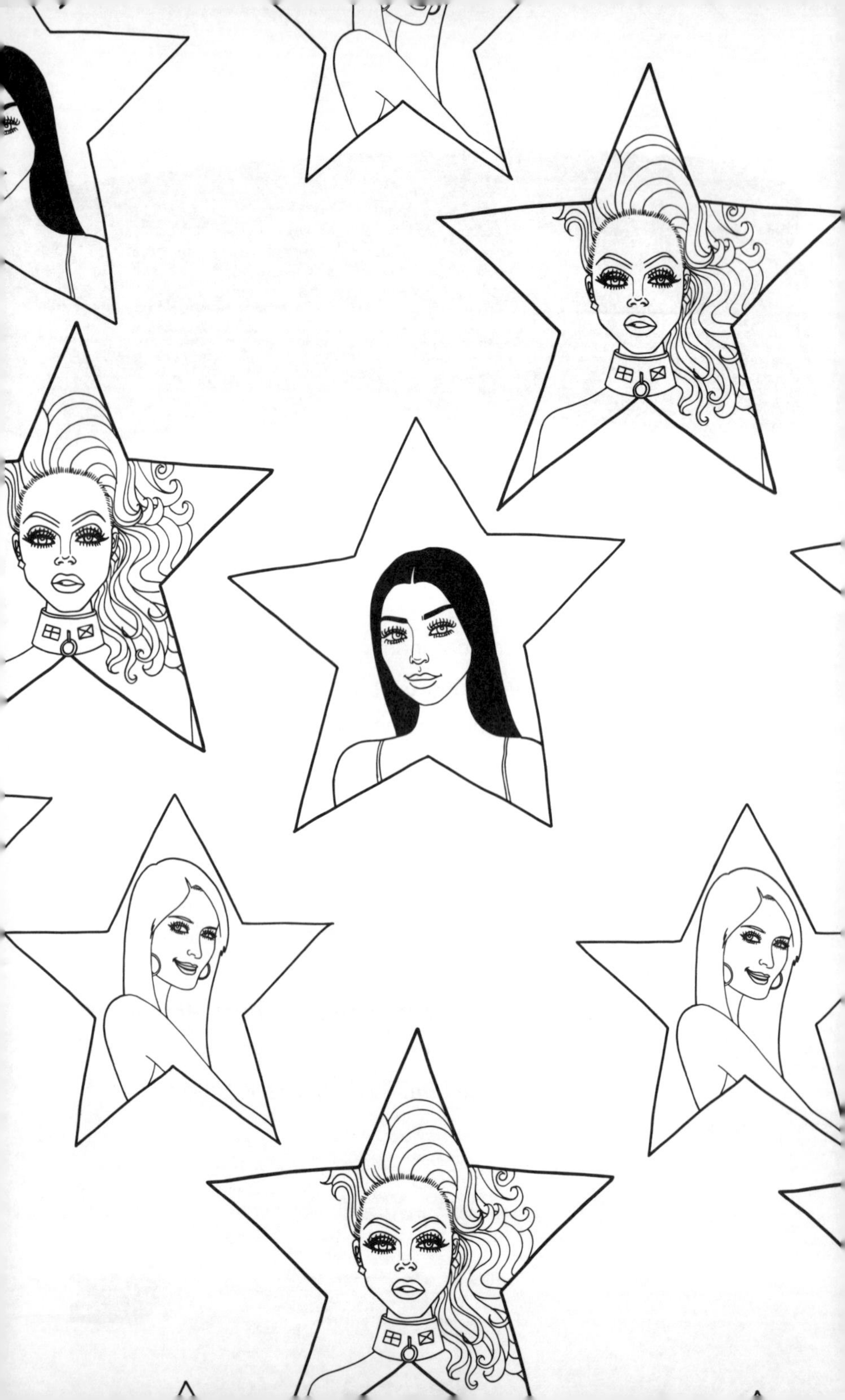

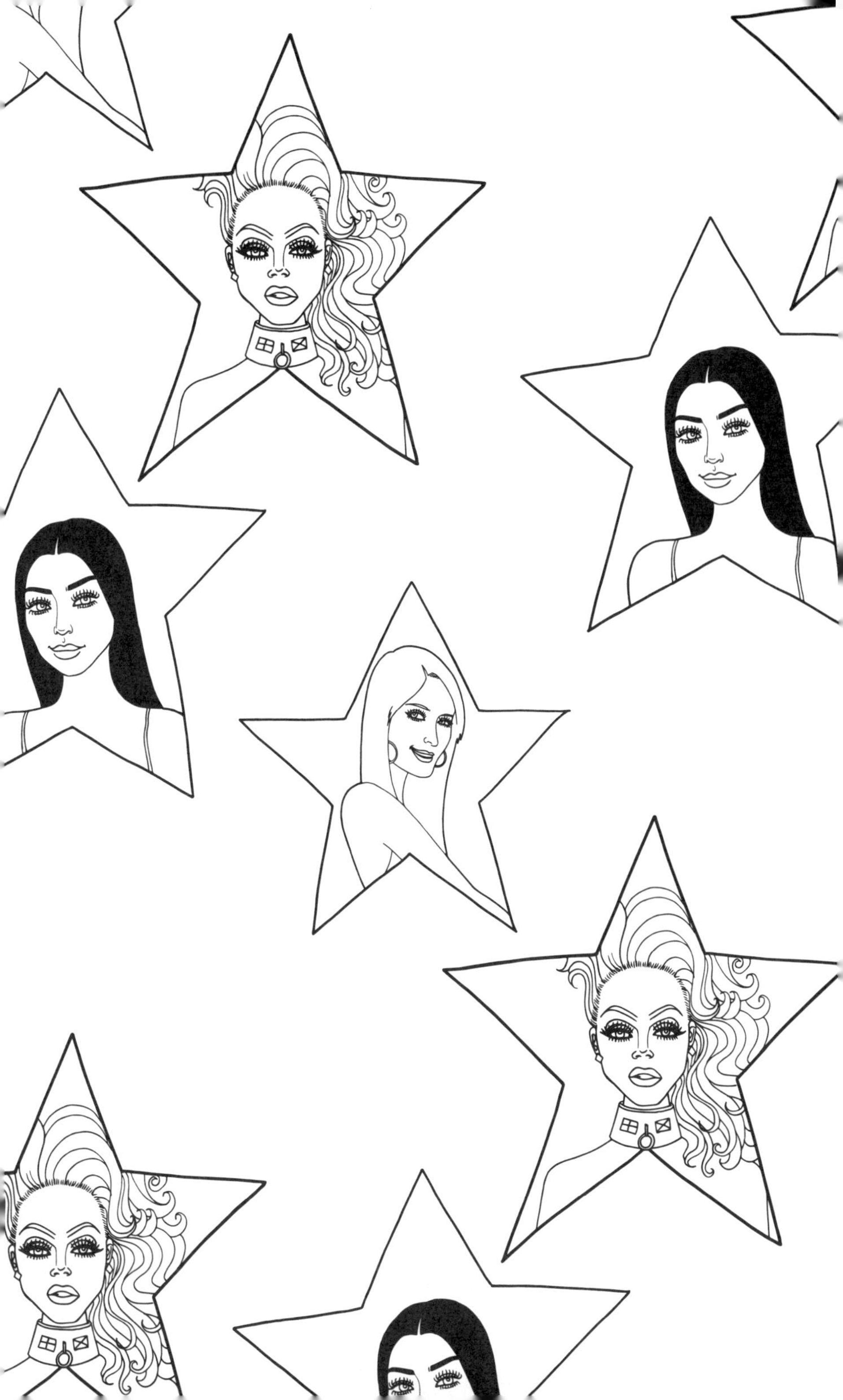

≋ A Paris Hilton em si. (Vocês sabiam que a Kim Kardashian era uma seguidora da Paris Hilton? Quando ela apareceu na TV arrumando o *closet* da Paris nos anos 2000 eu pensei que minha cabeça fosse explodir.)

≋ Hip-hop e R&B anos 2000. Não posso ver o Nelly usando Band-Aid no rosto que eu me emociono.

≋ *Boy bands*. Engraçado que eu comecei a gostar depois de mais velha, aí, ficou ainda mais feio pra mim. Na época em que elas existiam, eu nem gostava tanto, preferia as Spice Girls. Fico triste por só ter dado valor aos Backstreet Boys depois que a banda acabou.

≋ O filme *Meninas malvadas*. Esse foi o primeiro *guilty pleasure* que eu assumi publicamente, porque chegou uma hora em que eu só me comunicava através das frases do filme e queria ser a Regina George.

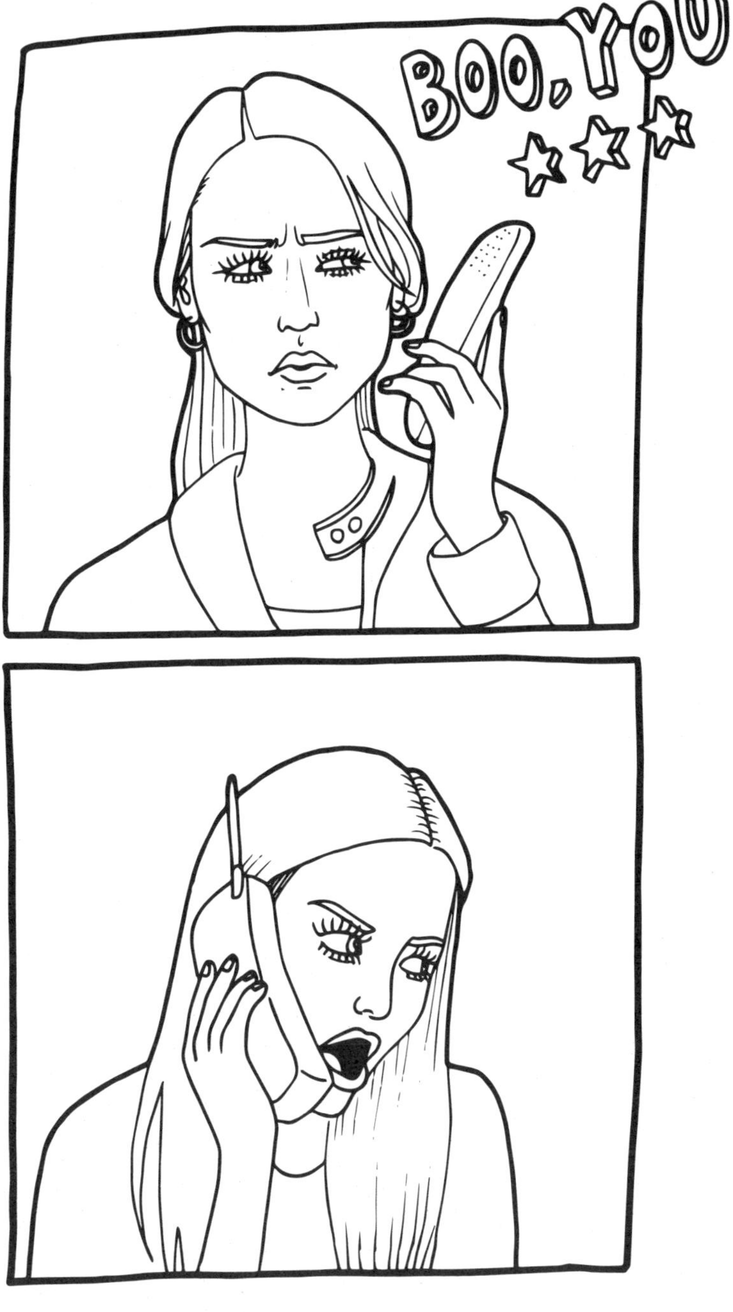
BOO, YOU

≋ O filme *As patricinhas de Beverly Hills*. Sobre esse, eu nem preciso falar nada, né? É perfeito.

≋ A série *The OC*. Conhecer o Seth Cohen estragou completamente minha vida amorosa, mas minha vontade de ter o cabelo e as roupas da Marissa Cooper superou tudo.

≋ Eu criei uma *playlist* no Spotify só com músicas no melhor estilo *guilty pleasure*. Se você quiser ouvir enquanto lista os seus, é só procurar por *Eu acho que você é meio doido, sim*.

Liste aqui seus *guilty pleasures*

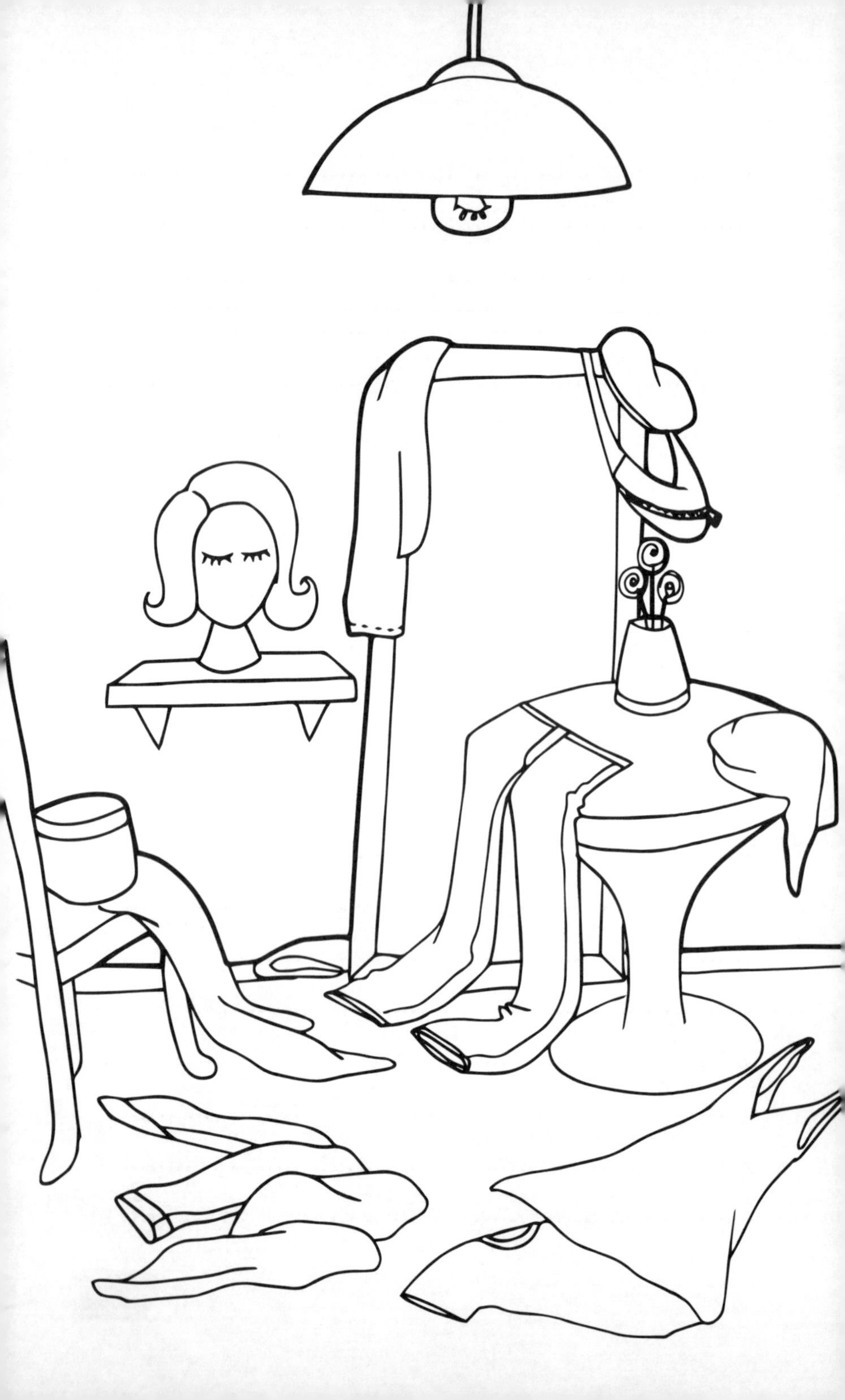

6. VOCÊ SE VESTE COMO UM DOIDO

Eu queria falar sobre autenticidade em todas as esferas da vida, tipo no trabalho, na escola, nas amizades e no namoro, mas, considerando que temos vidas tão diferentes, eu teria que escrever uma Bíblia. Por isso, quis escolher um tema com o qual todo mundo vai se identificar, já que todo mundo veste: roupas!

Depois de passar este livro todo pensando e escrevendo sobre as coisas que te fazem parecer meio doido (e único), chegou a hora de colocar tudo isso em prática.

Nem preciso começar dizendo que ninguém aqui é obrigado a se encaixar num estilo específico, certo? Quando você usa a sua personalidade pra desenvolver o seu estilo, você obrigatoriamente se torna alguém autêntico, já que ninguém é igual ou tem as mesmas referências que você.

Mas também acho importante lembrar que não tem nada errado em seguir a moda. Só acho que fica mais divertido se vestir quando você encontra um sentido praquilo que vai além de usar o que a maioria considera legal. Pra mim, se vestir tem muito mais a ver com se expressar e mostrar ao mundo quem você é.

Como eu comentei no primeiro capítulo, quando criança, minha mãe deixava que eu me vestisse como eu queria. Tinha dias em que eu saía com fantasia de gato, de bailarina, com um pé de cada tênis... Mas eu estava sempre muito feliz comigo mesma, principalmente quando eu encontrava algum adulto que parecia preocupado com a forma como minha mãe me criava.

Na fase em que eu estava deixando de ser criança pra entrar na pré-adolescência, aconteceram muitas coisas na minha vida que estavam fora do meu controle. Como se já não bastassem meu cabelo que não me obedecia mais, meu nariz que cresceu antes de todo o resto do meu rosto e minha preocupação em ter que pedir pra comprarem meu primeiro sutiã, ainda tive que lidar com mudança de cidade, de casa e de escola, fazendo com que eu me perdesse um pouco de mim mesma. Eu acho que todo mundo passa por essa fase, né?

Talvez por isso a gente se preocupe tanto em fazer parte de algum grupo na adolescência. Eu estudei em seis escolas ao todo, e em cada uma eu tinha um estilo diferente. Já me vesti igual patricinha, skatista, emo, frequentei show de *hardcore*, micareta, igreja, festa de música eletrônica, balada *alternas*, e não me arrependo de nada disso. Acho que faz parte quando você precisa se conhecer melhor e descobrir do que gosta. Talvez eu passe por isso mais mil vezes na vida, e tudo bem.

Hoje, eu vejo que o que importa de verdade é você se sentir bem com o que está vestindo, independentemente do que está na moda ou do que os outros acham que te cai bem. Me lembro até hoje da minha primeira semana na faculdade, quando eu perguntei em voz alta o que era "Abercrombie". Me olharam tão feio que eu entendi aquilo como um sinal de que eu deveria cancelar minha matrícula. Eu devia ser a única da sala que não andava com uma bolsa de pano branca mais cara do que meu celular da época. Mas foi justamente o meu jeito diferente de me vestir que fez com que eu me aproximasse de quem tinha a ver comigo de verdade. Exceto pela Juliana, que jurou que nunca ia ser minha amiga quando me viu usando uma sapatilha *pink* na aula. Mas cá estamos, sendo supermigas há dez anos. Acho que a conquistei quando disse que era fã da Paris Hilton e não estava nem aí pro que ela achava.

Aliás, uma dica pra ser mais autêntico ao se vestir é se inspirar no que você gosta em geral, que não tem a ver só com roupa.

Coisas inesperadas que me inspiram (e podem te inspirar também):

▲ *Um maluco no pedaço*. Eu amo tudo que tem a ver com o Will Smith, e ele está especialmente incrível nesse seriado. Além de ter feito parte das minhas manhãs antes de ir pra escola, me aproximou do meu irmão, porque assistíamos à televisão juntos, e as roupas que ele usa são demais! Também adoro as da Hillary Banks e do Jazz.

▲ Eu tenho o costume de comprar um *patch* ou broche em todos os lugares pra onde eu viajo. Minha ideia é colocar tudo numa única jaqueta, tipo as gangues de motoqueiros fazem. Fica lindo e ainda me traz lembranças muito boas.

▲ Agostinho Carrara e suas camisas estampadas, porque elas são maravilhosas.

▲ Musas dos anos 2000. Quem não queria andar com a Paris Hilton e a Lindsay Lohan no recreio?

▲ A Regina George. Sempre ela.

▲ Na verdade, acho que todas as meninas dos meus filmes e seriados da lista de *guilty pleasures* mereciam estar aqui.

NOT YOURS

Outra coisa que mudou meu jeito de me vestir foi começar a usar sempre alguma coisa inusitada, que ninguém está esperando ou que só faz sentido pra mim.

Exemplos:

⌃ Uma vez, vi uma cliente sendo muito grosseira com uma funcionária da loja em que eu estava. Sendo totalmente mala, ela pegou uns óculos escuros da prateleira e falou alto que tinha achado "de extremo mau gosto". Eu fiz questão de comprar e, sempre que eu uso, alguém elogia.

⌃ Também gosto muito de usar roupas que meu pai guardou da juventude dele. Se duraram tantos anos, a gente sabe que pelo menos elas são de boa qualidade.

⌃ Não necessariamente você precisa usar uma peça que era originalmente dos seus pais. Por exemplo, meu pai sempre conta que, quando ele era jovem, não tinha tanta variedade de roupas e tênis no Brasil, então, ele comprava vários tênis brancos e pintava de cores diferentes. Eu amei a ideia e acabei fazendo igual.

⌃ Tenho uma amiga que usa até hoje as joias que ela ganhou quando era bebê. O anel só cabe no dedinho, mas fica muito fofo.

▲ E quem não tem aquela amiga que curte customizar as próprias roupas? Não tem nada mais único que isso.

▲ Minha calça preferida eu comprei numa viagem, de uma menina que estava vendendo na rua várias roupas que ela mesma fazia. Ela ainda ajustou a cintura pra mim ali, na hora.

▲ Brechó é uma coisa abençoada! Você paga barato e compra coisas que só você vai ter.

A verdade é que a gente pode buscar inspiração em qualquer lugar. Use este espaço pra listar mais coisas inusitadas que podem te inspirar na hora de se vestir:

....
....
....
....
....
....
....
....

Desenhe nesta jaqueta vários *patches* que façam sentido pra você:

7. EU EM PARAGUAÇU

♥

Pra escrever o último capítulo deste livro, eu achei que seria importante estar na cidade onde eu nasci. Então, aproveitei o feriado pra vir pra Paraguaçu, em Minas. Além de ser poético, eu estava precisando de uns dias fora de São Paulo pra me concentrar, longe da confusão da cidade grande. Quando a gente está em casa, tudo é uma distração em potencial, ainda mais com um gato que fica possuído pelo ritmo ragatanga diariamente às 21h.

Até desliguei o celular e fiquei no quarto da minha vó em pleno churrasco. Adivinha? Acho que nunca demorei tanto pra escrever uma página. A cada duas linhas, entra alguém me perguntando se eu quero asinha de frango que acabou de sair, e aí a própria pessoa responde, concluindo que eu sou vegetariana e que não quero.

Quando finalmente escolhem uma música pra tocar inteira lá fora, entra uma tia dizendo que comprou uma camisa de que ela não gostou e quer me dar. Volto a escrever, mas não dura dois minutos. Logo, ela volta com a tal camisa, me pede pra experimentar, diz que é a minha cara e chama minha mãe pra ver. Consigo ouvir outra tia lá fora berrando:

— A NANÁ TÁ TRABALHANDO!

A que está no quarto comigo responde:

— Hoje não é dia de trabalhar! Olha, Fátima, serviu direitinho a camisa.

Minha mãe me pergunta do gato, se não é perigoso ele destruir a minha casa ficando sozinho por dois dias, o namorado da minha tia ouve e vem contar que deixou o dele num hotel e que ele parece estar meio triste com isso. De repente, tem duzentas pessoas no quarto e eu nem sei como aconteceu. Mas também do nada saiu todo mundo.

Ouço alguém pedindo Guaraná lá fora e não reconheço; depois, me lembro de que tenho um primo de onze anos que está bem na fase de engrossar a voz. E aí volta a minha tia com outra tia:

— Olha se essa camisa não é a cara da Naná! — A outra concorda e se sente na obrigação de dizer que não vai me dar presente agora, porque ainda está pagando o celular que o meu primo perdeu, mas pergunta se eu quero um açaí. Óbvio que eu quero, e aí passamos mais um tempo decidindo onde comprar, se eu quero com leite condensado, se a minha prima vai querer também, se tem algum lugar aberto...

Minha vó que vem me entregar o açaí e, como ela sempre faz quando eu venho pra cá, me lembra de um desenho que eu fiz com três anos que ela guardou no guarda-roupa, mas nunca encontra pra me mostrar.

— Você me falou que era um elefante de costas, e eu achava que o rabo era a tromba — diz ela morrendo de rir.

Eis que chega uma outra tia - a essa altura, acho que deu pra ver que minha família é grande -, e eu me lembro de que foi ela que me incentivou a gostar de livros. Eu nem sabia ler quando ela me deu um monte de gibis, e eu nunca esqueci de quando eu fiz sete anos e ela me disse que eu tinha a mesma idade da Mônica da Turma da Mônica. Assim que este livro estiver pronto, ela vai ser a primeira a receber um exemplar autografado por mim.

Acho que eu não poderia ter escolhido momento melhor pra terminar de escrever, perto de pessoas que me fazem lembrar de quem eu sou.

Cada pessoa tem uma essência muito única que, se a gente não prestar atenção, vai se perdendo com o tempo, conforme a gente é zoado na escola, se esforça pra fazer parte de um grupinho, aprende (errado) que trabalhar com o que gosta não dá dinheiro, entra numa faculdade pra agradar os pais, se relaciona com uns caras nada a ver e faz de tudo pra caber em caixinhas preestabelecidas pelos outros. Mas eu também acredito que, por mais que a gente se perca algumas vezes, quem a gente é de verdade está sempre ali, só esperando uma chance pra cantar uma música cafona dos Backstreet Boys bem alto.

Posso só te pedir uma coisa antes da gente se despedir? Nunca veja este livro como um guia que você deve seguir, porque a ideia é justamente o contrário. Este livro é doido, e o sentido dele está em você.

QUER SABER:

ACHO QUE VOCÊ É
MEIO DOIDO, SIM...

E TUDO BEM!

Este livro foi composto em Amatic e impresso pela Gráfica Santa Marta para a Editora Planeta do Brasil em setembro de 2018.